SAN-ANTONIO

PLEIN LES MOUSTACHES

ROMAN

ÉDITIONS FLEUVE NOIR
6, rue Garancière - PARIS VIe

ISBN : 2-265-03156-9

Emballage cadeau.
Appelez-moi, chérie.
T'es beau, tu sais !
Ça ne s'invente pas !
J'ai essayé : on peut !
Un os dans la noce.
Les préductions de Nostrabérus.
Mets ton doigt où j'ai mon doigt.
Si, signore.
Maman, les petits bateaux.
La vie privée de Walter Klozett.
Dis Bonjour à la dame.
Certaines l'aiment chauve.
Concerto pour porte-jarretelles.
Sucette boulevard.
Remets ton slip, gondolier.
Chérie, passe-moi tes microbes !
Une banane dans l'oreille.
Hue, dada !
Vol au-dessus d'un lit de cocu.
Si ma tante en avait.
Fais-moi des choses.
Viens avec ton cierge.
Mon culte sur la commode.
Tire-m'en deux, c'est pour offrir.
A prendre ou à lécher.
Baise-ball à La Baule.
Meurs pas, on a du monde.
Tarte à la crème story.
On liquide et on s'en va.
Champagne pour tout le monde !
Réglez-lui son compte !
La pute enchantée.
Bouge ton pied que je voie la mer.
L'année de la moule.
Du bois dont on fait les pipes.
Va donc m'attendre chez Plumeau.
Morpions Circus.
Remouille-moi la compresse.
Si maman me voyait !
Des gonzesses comme s'il en pleuvait.
Les deux oreilles et la queue.
Pleins feux sur le tutu.
Laissez pousser les asperges.
Poison d'Avril, ou la vie sexuelle de Lili Pute.
Bacchanale chez la mère Tatzi.
Dégustez, gourmandes !

Hors série :

L'Histoire de France.
Le standinge.
Béru et ces dames.
Les vacances de Bérurier.
Béru-Béru.
La sexualité.
Les Con.
Les mots en épingle de San-Antonio.
Si « Queue-d'âne » m'était conté.
Les confessions de l'Ange noir.
Y a-t-il un Français dans la salle ?
Les clés du pouvoir sont dans la boîte à gants.
Les aventures galantes de Bérurier.
Faut-il tuer les petits garçons qui ont les mains sur les hanches ?

Œuvres complètes :

Vingt et un tomes déjà parus.

PREMIERE PARTIE

LA MAISONNETTE BLANCHE

La double porte capitonnée était restée entrouverte et la forte voix du ministre de l'Intérieur me parvenait dans l'antichambre où j'attendais qu'il me reçoive.

— Si vous voudriez qu'je vous dise sans jambages la façon qu'je conçois les choses, s'lon moi, une dame qui n'sent pas la charcutrerie n'est pas une vraie femme. Quand j'y groume la mouluche, sauf' vot' respecte, faut qu'j'aye l'impression d'bouffer un sandouiche...

Son Excellence écouta la réponse de son correspondant, laquelle fut longue et probablement digne de toutes les approbations, car le ministre grommelait toutes les dix secondes des « Mmmm... Mouais... C't'exaguete... Et comment! » qui ne paraissaient pas être de pure politesse.

Quand ce fut à lui de parler, il proposa :

— Si vous m'permettriez, un d'ces quat' morninges, j'vous emmène chez Maâme Ripaton, laquelle est-ce tient un esquis pince-cul, aux Batignolles. Elle a toujours d'la viande surchoix, principal'ment d'l'Alsacienne. L'Alsaco, j'vous l'apprends pas, c'est la prop'té faite homme! Si vous aperc'vriez une heure d'battement dans vot' emploi du temps : un coup d'grelot et j'passe vous ramasser. Avec deux motards pour nous déblayer la strasse, on est à la régalade en moins d'jouge et v'vous r'trouvez à table, la serviette autour du cou. Si j'retiendrais à l'avance, Maâme Ripaton vous f'ra les coulisses d'l'esploit en vous sélectionnant des personnes délicieuses comme du jambon persillé.

Il y eut un nouveau temps de silence. L'interlocuteur du ministre devait développer le projet.

L'Excellence lança tout à coup :

— La semaine prochaine ? Banco ! Mardi ? C'est parti. J'préviens Maâme Ripaton illico. Comment ? Vous aurez trois heures à disposition ? Alors, là, c'est la fiesta su' grand écran ! Ma dame bordelière prépar'ra du champ'. V's' aimez l'rosé ? Il est mieux décapant. Faut qu'elle en fasse frapper trois quat' quilles, qu'on s'déchire un peu, pour une fois qu'on s'ra d'sortie. Après une belle baisance, c'est toujours le bouquet final d's'élancer un peu dans le vide. V's' avez des trucs chiants aftère ? Vous r'cevez une délégation d'sénateurs ? C'est pas grave, au cas qu'vous vous sentireriez trop pâtouilleux du clapoir, vous leur f'rez passer un disque. Bon, c'est cela, oui... A mardi, président.

Le déclic de l'appareil raccroché fut suivi d'un long rot trop longtemps réprimé. Puis le ministre vint en personne me quérir sur la bergère où je rêvassais à ceci cela et tout le reste.

— Entre ! me dit-il avec dignité.

Vêtu de gris rayé, chemisé de blanc, cravaté de soie perle, il en jetait comme un gyrophare d'ambulance. Ses joues dûment rasées brillaient et il avait dans la prunelle ce sourd contentement que donne la réussite. Seules, ses baskets éculées, ses chaussettes dépareillées et ses ongles en grand deuil troublaient la perfection de sa mise.

Le ministre feula à nouveau tandis qu'il refermait sa porte d'un coup de cul précis.

— Alors, la vie, ça usine ? me demanda-t-il avec urbanité.

— Je m'en accommode.

Il s'abattit dans son fauteuil comme le taureau estoqué à mort sur le sable de l'arène, soudain relâché, soudain plus gros, un peu pute dans son abandon.

— En ce dont il me concerne, j'sais pas où donner d'la tête, soupira l'Excellence.

— J'ai entendu ton coup de fil à propos de la mère Ripaton, quand tu prétends ne plus savoir où donner de la tête, c'est de ta tête de nœud qu'il s'agit, sans doute ?

Le ministre se rembrunit.

— Moque-toi pas, Tonio. Miniss, on s'imagine mal. C'est vraiment pas un ciné de cure. Le nomb' d'gaziers qui t'courent su' la prostate ! Les syndicats ! Les flics ! Les chômeurs ! Ceux qui bossent sont aussi chiants qu'ceux qui bossent pas. Les avanilles de tout' parts, qu'heureus'ment j'm'en branle à deux mains ! Faut des nerfs pour supporter. Plus mieux t'es en haut de l'échelle, plus de plus haut tu tombes d'charabia en syllabes.

— Puis-je te demander avec qui tu conversais au téléphone ?

Le ministre se ferma comme une moule dans un bain de citron.

— J't'en prille : secret d'Etat. T'as demandé à ce que je te reçusse, San-A. ?

— En effet, Excellence, je suis venu vous informer que je demande ma mise en disponibilité pour une durée illimitée.

Cette déclaration désamorça l'optimisme du grand homme. Bérurier parut maigrir sous l'effet de la contrariété, telles ces baudruches affligées d'une fuite importante dans la région valvaire.

— Qu'c'qu'c't'histoire ? bavocha l'homme d'Etat.

— Ma première prestation pour le compte de « la Grosse Bitoune » ayant été positive, les hautes instances de cette organisation souhaitent m'engager définitivement (1). Avant d'accepter leur proposition qui m'intéresse, j'entends faire encore quelques expériences avec le B.B. (2) ; d'où mon désir d'être placé en disponibilité.

Le ministre se fit soudain sévère.

— Et si je refuserais ?

— Je démissionnerais.

Mon vis-à-vis respira en grand, sans parvenir pour autant à dissiper son oppression. Il se pencha et prit sous son bureau une bouteille de beaujolais primeur fortement entamée qu'il vida d'une glotte héroïque. Après quoi, il jeta le flacon vide dans sa

1. *Cf. : Dégustez, gourmandes !*

2. *Je rappelle que le B.B. désigne le « Big Between ». (Surnommé Grosse Bitoune par les Services français) ; il s'agit d'une organisation de l'Ouest, plus ou moins occulte, dirigée par un homme hors série nommé Duck. Cette organisation a son siège dans une île de l'Atlantique, au large des côtes mexicaines.*

corbeille à papier. Il y eut un fracas de verre brisé car ladite recelait déjà d'autres cadavres.

— Y a un' chose dont à laquelle j'm'esplique mal, murmura mon interlocuteur. C't' au moment qu'étant miniss, on pourrait ent'prend' de grandes choses qu'tu largues la Poule ! T'es jalmince d'ma position sociable ou quoi ?

— Nullement, monsieur le ministre, au contraire, je m'en réjouis et suis convaincu que jamais en France, ces hautes fonctions n'auront été mieux assumées. Mais il se trouve que je me sens plus jeune que l'Europe. Cette vieille dame minaudante m'insupporte. J'en ai ma claque de vivre comme à l'époque des rois fainéants. J'ai trouvé ailleurs ce dont je rêvais depuis toujours : la témérité, les moyens illimités, l'encouragement à l'initiative la plus folle. Sans parler du gain qui, pour moi, a toujours été secondaire, mais n'est cependant pas négligeable.

— Et ta mère ? questionna brutalement le ministre.

— Je profite d'elle davantage qu'avant. Entre deux opérations, je reviens auprès d'elle et passe plusieurs semaines consécutives à la dorloter, ce qui n'arrivait jamais auparavant. Elle est aux anges. Comme je dispose de beaucoup d'argent, je peux la combler.

L'Excellence toussa.

— Et... et moi, Sana ? Et Pinuche ? Et le Vieux qu'est d'nouveau dirluche d'la Rousse ? Et Marie-Marie qui s'languit ?

Ça faisait beaucoup.

— Vous tous aussi, je vous verrai dans mes périodes de repos.

Il se mit soudain à pleurer, affalé sur son maroquin. Ses énormes épaules étaient secouées par des sanglots niagaresques.

Je me levai, contournai le bureau pour aller caresser sa nuque taurine.

— Merde, arrête de chialer, Gros, dis-je au ministre. Je vis une expérience passionnante, tâche de comprendre. Un homme n'a que très peu de temps pour accomplir des choses importantes, pour tenter de se dépasser… Il doit savoir dominer son vague à l'âme.

— Tu me fais chier ! déclara l'Excellence dans le creux de son bras. Va te faire voir, avec tes connards amerloques. Cours t'faire aimer, pauv' con ! T'veux qu'j't' dise ? L'Europe, ell' t'pisse au cul, bonhomme ! File enfouiller des dollars, mon drôlet. Une montagne grande comm' l'Mont-Blanc, qu'ça t'étouffe !

— D'accord, j'y vais ! Mais n'oublie pas que j'agis de la sorte à la demande expresse du président de la République. Si tout continue de bien aller, je disposerai bientôt d'un pouvoir qui, mis au service de la France…

— Arrête ta *Marseillaise,* ell' m'fait pleurer les fesses !

Je m'éloignai de lui à pas mesurés. J'avais le cœur comme des oreilles d'épagneul ; et dans l'âme une vilaine musiquette funèbre.

Tout cela était insupportable à vivre.

Malgré tout, au fond de moi brillait la certitude que j'agissais comme il le fallait.

Il est des instincts profonds, des appels confus jaillis du destin, auxquels on ne résiste pas.

Et tout un tas de trucs, de bidules pas racontables. Tu entends des ordres, tu les exécutes. Jeanne d'Arc, quoi !

CHAPITRE PREMIER

Abdulah possédait un permis de port d'arme, au titre de je ne sais quoi.

La crosse de son revolver, en bois d'acacia ciselé, était ouvragée comme un meuble Renaissance et comportait un minuscule compartiment secret dans lequel il gardait sa « coke ». Quel flic se serait avisé d'aller chercher de la cocaïne dans une arme ?

Il se servait de la petite tirette de bois formant couvercle comme d'une cuiller pour puiser la drogue, étendait celle-ci sur une lime à ongles ébréchée qui ne quittait jamais sa poche supérieure, et sniffait une ligne de came deux fois par jour, avec une ponctualité de fonctionnaire.

Pour l'instant, il somnolait à l'intérieur du van, dégageant une mauvaise odeur aigrasse de sueur et de graisse.

C'était un homme d'environ deux mètres de haut qui devait peser ses trois cents livres comme rien. On ne comptait plus ses bajoues ; il lui en venait sans cesse de nouvelles au gré de ses mouvements de tête. Il était basané, mais dans les tons gris et faisait penser à un Noir malade. Il dormait la plupart du temps, telle une bête qu'on ne sollicite pas.

Je reniflai avec écœurement sa sale odeur bestiale.

Duck s'aperçut de la chose et eut un imperceptible sourire.

— C'est son seul défaut, me dit-il à mi-voix.

— Peut-être, maugréai-je, mais j'ai horreur des gens qui puent, c'est un peu comme s'ils étaient déjà morts.

— Je vais vous arranger ça, fit Duck en tirant un énorme cigare de son double étui qui ressemblait à une cartouchière de Cosaque.

— Une odeur, aussi forte soit-elle, n'en a jamais masqué une autre, dis-je; elles s'additionnent, mais ne se neutralisent pas.

Il alluma le havane avec le rituel requis. J'admirai la grâce de ses gestes. Aucun homme ne m'avait jamais autant impressionné que Duck, le « maître » du Big Between. J'aimais sa belle tête blanche aux longs favoris légèrement frisottés, son teint ocre, ses yeux clairs, l'aristocratie de ses mouvements. Il ressemblait à Bernadotte, à Lee Marvin, un peu aussi à Lamartine. C'était à mes yeux un souverain. Il le sentait si bien qu'il ne portait jamais autre chose qu'un smoking, même à huit heures du matin. Cette tenue incongrue surprenait, certes, mais elle lui allait si parfaitement qu'il paraissait être né avec ça sur le dos.

Duck portait le monde à bout de bras, sans effort, comme un ballon de plage, se permettant même de le faire tourniquer au bout de son index, parfois.

Il parlait assez peu, toujours de façon plaisante

et précise car il avait horreur des phrases superflues. A son contact, on s'apercevait que l'existence est faite à quatre-vingts pour cent de déconnages inutiles.

Le léger zonzon du climatiseur accentuait l'engourdissement régnant à bord du véhicule aux vitres teintées. De l'extérieur, il était impossible de distinguer quoi que ce fût de l'habitacle. Il faisait frais, presque suave dans le van, alors que la température du dehors avoisinait 40° à l'ombre dans ce faubourg de Tanfédompa (Pérou). Notre véhicule se trouvait en bordure d'une immense place galeuse, sorte de terrain vague au centre duquel s'érigeait l'humble chapiteau d'un cirque pouilleux. Le van avait l'air d'appartenir à celui-ci. Extérieurement, il était délabré à souhait et personne n'aurait pu soupçonner le confort dont nous jouissions à l'intérieur.

La vitre tournée vers l'extérieur était munie d'un verre grossissant panoramique qui nous permettait de surveiller un angle très large du quartier.

Duck tira quelques bouffées de son cigare, mais il le fumait principalement « avec les doigts », le faisant voluptueusement rouler entre le pouce et l'extrémité de son index et de son médius.

Je coulai un regard saturé sur le paysage désolé par la canicule : des maisons blanches à un étage, avec des toits de traviole ; leurs volets clos soulignaient l'ardeur de la chaleur. On ne voyait âme qui vive, à l'exception d'une poule téméraire qui s'obstinait à gratter le sol défoncé de la rue, sans grand espoir. Une vieille guimbarde rouillée stationnait devant l'une des masures, une espèce de camionnette bleue qui devait avoir plus de vingt ans et dont les derniers chromes accaparaient le soleil.

— Ça ne se bouscule pas beaucoup dans le secteur, soupirai-je.

— La sieste ! répondit Duck.

— Vous êtes certain que ce sera pour aujourd'hui ?

— Toute certitude reste hypothétique, fit-il.

La fumée de son cigare sentait bon et me donna envie de fumer. Alors Duck sortit son étui de sa poche et me le présenta, comme si j'avais énoncé ma pensée à haute voix. Chaque fois il me faisait le coup, et chaque fois je ne pouvais contenir un tressaillement de surprise. Ça devait l'amuser mais il n'en laissait rien voir. Je refusai le cigare car j'aurais eu trop peur d'avoir l'air d'un branque avec un machin pareil dans la gueule.

— Je ne sais pas si nos petits amis préparent quelque chose, en tout cas ils ne donnent aucun signe de vie.

— Oh ! que si ! affirma Duck.

— Montrez-moi !

Il me désigna par l'autre partie vitrée du van, le petit cirque, avec ses guimbardes d'un autre âge. A l'intérieur de celles qui servaient de cages, quelques animaux mités, fauves dérisoires sonnés par la chaleur, roupillaient comme des descentes de lit à un étal du marché aux Puces.

— Voulez-vous dire qu'ils sont planqués dans le cirque ?

— Le cirque c'est eux !

— Comment ça ?

— Ils l'ont racheté à un vieux saltimbanque malade, uniquement pour monter l'opération

Streiger. Ça fait quatre jours qu'ils sont à pied d'œuvre, à identifier l'homme formellement et à préparer son enlèvement.

J'émis un petit sifflement comme je le voyais faire dans les films « C » qu'on nous projetait au patronage les dimanches de pluie.

— Ils emploient les grands moyens ?

— Les Israéliens ne regardent pas au prix quand il s'agit de récupérer un criminel de guerre.

— C'est payer cher la vengeance.

— Pour eux, il ne s'agit pas de vengeance, mais de justice. Le ciel est encore plein de nuages chargés des fumées des camps de la mort. Rien ne se perd, rien ne se crée, tout se transforme.

— Lavoisier, conclus-je. Ce type doit avoir cent ans, non ?

— Pensez-vous : il est né en 1917.

— Il a commencé tôt dans l'horreur.

— Question de vocation.

Nous restâmes un sacré moment silencieux. Le cigare de Duck semblait ne pas se consumer, comme s'il était artificiel, avec un bout incandescent bidon.

L'énorme Abdulah dormait toujours dans son fauteuil pullman, avec sa chiée de mentons en accordéon. Son énorme bouche lippue laissait filtrer un souffle long, régulier.

Je le désignai à Duck d'un hochement de tête.

— Avec un tel gorille, on risque autant de passer inaperçus qu'une danseuse en tutu sur un carreau de mine. C'est un char d'assaut, non ?

— Exactement. Quand vous le verrez à l'œuvre, vous serez impressionné.

— Je le suis déjà.

Une envie noire de pisser me nouait la gorge. Je gagnai le petit compartiment réservé à ce genre de sport et me libérai le plus silencieusement possible. J'ai toujours eu horreur d'entendre licebroquer mes semblables et je suppose qu'ils partagent, pour la plupart, cette aversion, aussi veillé-je à avoir des mictions veloutées. La politesse consiste avant tout à faire oublier aux autres que l'on est tristement organique.

Lorsque je rejoignis mes compagnons, je trouvai Duck penché sur la vitre grossissante comme un myope sur son écran de téloche. Il contemplait le faubourg blanc avec attention. Je vins à côté de lui et aperçus ce qu'il regardait avec tant d'acuité : un marchand des quatre-saisons (mais y en avait-il quatre dans ce foutu patelin ?) arc-bouté entre les brancards de son véhicule dont les deux roues décrivaient des « 8 » en tournant. L'homme s'arrêta au carrefour formé par la place et les deux rues qui y convergeaient, formant un « V ». Il stoppa son attelage dont il était à la fois le conducteur et la bête de trait, dénoua une corde pour libérer la béquille sur l'avant et s'essuya le front à l'aide d'un tissu rouge qui devait lui servir à une flopée d'usages.

Après quoi il s'empara d'une cloche munie d'un manche et se mit à carillonner. Sa carriole contenait des quartiers de viande noirâtre, à reflets bleutés because les mouches qui venaient se goinfrer. Des bonnes femmes sortirent une à une des maisons d'alentour. Grosses matrones pour la plupart, vêtues d'une simple blouse sans manches, les pieds nus dans des savates informes. Elles étaient mafflues, rances, brunes, variqueuses, et des marmots nus s'accrochaient à leurs vêtements, les retroussant parfois au point de nous découvrir d'énormes culs velus aux bourrelets jaunasses.

Les commères se mirent à jacasser autour de la carriole. Le marchand défendait ses prix, tranchait dans le nuage de mouches, pesait des morceaux de bidoche sur une balance à fléau, empaquetait ensuite la viande dans une feuille de journal, enfouillait la fraîche, crachait noir et loin...

— Faut-il aimer la vie ! soupira Duck.

Il faisait allusion à Streiger, je le compris.

— Passer plus de quarante ans dans ce bled infernal, parmi cette population lamentable, dénote en effet un attachement forcené à l'existence, admis-je.

Suivant le cours de mon raisonnement, je demandai :

— Pourquoi attendre que les autres agissent, on ne pouvait pas s'occuper de Streiger avant eux ?

Duck me coula un regard surpris, vaguement réprobateur, et je compris que j'avais gaffé. C'était pas le genre d'homme à qui on pouvait présenter des objections car il pensait à tout, et quand il optait pour une solution, c'est qu'il n'en existait pas d'autre ou, du moins, que c'était la meilleure.

Je risquai un sourire angélique, histoire de me faire pardonner. Mais il pigeait tout et se doutait bien que, pendant encore un certain temps, j'aurais de ces fâcheuses lacunes et qu'il devrait m'en excuser.

— Non, me répondit-il : on ne pouvait pas agir avant eux.

Mon « pourquoi » faillit forcer mes lèvres, mais je parvins à le retenir in extremis : c'était suffisant, la déconne, pour aujourd'hui.

Duck continua sur sa lancée :

— On ne pouvait pas agir avant eux, car nous, nous ne sommes pas parvenus à identifier Streiger. Il est probablement là, dans l'une de ces maisons, mais laquelle ? Mystère.

Ça me parut insensé.

Merde, un Chleuh probablement blond avec des yeux de faïence, parmi tous ces gus couleur caramel, ça devait être aussi fastoche à retapisser que le géant Atlas chez les pygmées, non ? Même avec de la teinture à tifs et des lunettes noires, on devait le savoir à Tanfédompa qu'il n'était pas autochtone pur fruit, le vieux gredin nazi !

Mon incrédulité était béante. Duck hocha la tête.

— Ça semble impensable, et cependant c'est l'exacte vérité, mon cher. Dès que nous avons su que les services secrets israéliens avaient cadré le bonhomme et qu'il habitait ici, nous avons envoyé des copains péruviens enquêter. Ça n'a rien donné.

— Alors ?

— Alors nous devons attendre que les autres s'en emparent.

Il regarda son cigare qui venait de s'éteindre et, bien qu'il n'en eût fumé que trois centimètres, l'écrasa dans le cendrier posé sur l'accoudoir de son siège.

CHAPITRE II

Ça ne se mit à bouger que vers dix-huit heures, quand le bus en haillons reliant Tanfédompa à Lima surgit dans un nuage de poussière ocre.

Le véhicule poussif, ahanant et fumant, était à ce point bombé qu'il y avait des passagers jusque sur le toit où ils se tenaient cramponnés à l'immense porte-bagages rouillé.

Le monstre antédiluvien s'arrêta dans un vacarme de freins à l'angle de la place et des deux rues dont je t'ai déjà parlé, mais t'as sûrement oublié, con à ce point ! Une fois le contact coupé, il continua de trépider et de convulser comme un bœuf mal tué, crachant de la vapeur, perdant ce qui lui restait d'huile, trouvant encore d'ultimes soubresauts après des instants d'immobilisme.

Un chauffeur en short, portant un tee-shirt à la gloire de Coca-Cola-à-boire-glacé, délestait le car des colis ahurissants dont il était chargé. Il y avait là des corbeilles d'osier, des sacs rapiécés, des tonnelets, des caisses, des valises disloquées, des chèvres naines, des grappes de poulets liés par les pattes et à demi morts. Les voyageurs coiffés de chapeaux de paille gondolés se pressaient pour récupérer leurs biens en piaillant et gesticulant, puis s'égaillaient à travers l'agglomération qui semblait tout à coup reprendre vie.

— Pittoresque, non ? murmura Duck.

— Très beau, appuyai-je.

Abdulah venait de se réveiller et roulait des yeux blancs comme le bonhomme à chéchia de « Y a bon Banania ».

Il portait une tenue bizarre, en lin, style Mao, bleu foncé. Le col abondamment échancré laissait voir la formidable toison brune tapissant son poitrail. On aurait dit qu'il tenait un agneau noir pressé contre sa poitrine. Deux grandes poches plaquées gonflaient son pantalon large du haut et serré du bas.

Il prit son pistolet dans l'une d'elles, fit jouer la cache de la crosse et s'octroya une vachement chouette ligne de coke que ses narines larges comme des lunettes de soleil captèrent en deux reniflades.

Maintenant, le car était vide et abandonné en bordure de la place. Son conducteur était allé se foutre du frais dans le corps au bistrot en planches du carrefour. La vie avait repris avec la cessation de la chaleur caniculaire. Des gosses se mettaient à grouiller, des vieillasses à palabrer sur les seuils et des hommes arrivaient de la ville sur des vélos dont une poubelle de chez nous n'aurait pas voulu...

Un long moment passa. Je regardai Duck. Son état de tension me frappait. Il était aux aguets, pétrifié, l'œil rivé sur le hublot grossissant. Certains dos ont de l'éloquence, le sien traduisait la gravité de la situation.

A un certain moment, il murmura :

— Ça va être pour aujourd'hui.

Nulle satisfaction ne perçait dans ses paroles. Pas la moindre surexcitation. Il s'agissait d'une constatation, un peu comme s'il avait énoncé : « Il pleut », ou « Il fait chaud. »

Il m'adressa un signe par-dessus son épaule. Je rapprochai ma tête de la sienne.

— Qu'y a-t-il ?

— Vous voyez cette Dodge blanche, là-bas !

— C'est « eux » ?

— Oui.

Il ajouta, sans quitter la voiture du regard :

— Ils vont suivre l'autobus lorsque celui-ci repartira. Très bien. Abdulah et vous, descendez et allez récupérer la Camaro. Je m'en vais tout de suite. Faites-en de même. Prenez la route de Lima, le bus y retourne. A quelques kilomètres de la ville arrêtez-vous sur le bas-côté et soulevez le capot comme si vous étiez en panne. Lorsque le car et la Dodge seront passés, repartez et filez-les à distance. Surtout ouvrez l'œil car la chose aura lieu sur le parcours ou à l'arrivée.

J'eus envie de lui demander ce qu'il comptait faire, lui, mais sachant qu'il abhorrait les questions, j'obéis sans chercher à obtenir de précisions.

Une fois que nous fûmes stoppés sur la route, je me mis à regretter la climatisation délicieuse du van. Malgré que l'après-midi touchât à sa fin, le mahomet continuait de souquer ferme et on morflait sérieusement.

Le capot redressé nous transformait en naufragés. Il y eut un vieux tacot piloté par un brave mec fringué comme pour la pube du café Jacques

Vabre qui s'arrêta pour nous offrir aide et assistance, mais j'assurai à cet altruiste de mes deux que nous attendions une dépanneuse, ce qui ne laissa pas de le surprendre vu que les dépanneurs, dans ce bled merdique, tu m'as compris ?

Il repartit avec ses bonnes intentions et nous continuâmes d'attendre.

Abdulah parlait anglais comme feu De Funès dans ses films et bredouillait comme s'il avait la bouche pleine de bonbons. Jacter lui survoltait les salivaires. Quand il en cassait, un double filet de vilaine bave blanche stalactiquait à ses babines. Il avait la bouche épaisse et grise comme un con de jument, et maintenant qu'on mijotait dans la fournaise, ce tordu se mettait à fouetter pire qu'une poissonnerie en fin de semaine. Franchement, c'était pas le genre de compagnon avec lequel j'aurais passé mes vacances au Club Méditerranée.

Je morfondais en contemplant le paysage aride, que ne parvenaient pas à égayer les grands candélabres des cactus. Le côté *Ernest le Rebelle,* ce chef-d'œuvre d'humour de Jacques Perret. Le monde, il faut l'inventer soi-même, sinon, en fin de compte, il est partout pareil. Le dépaysement, c'est dans ta tronche, l'ami, seulement dans ta foutue tronche assoiffée d'exotisme, si tant tellement que tu te le fignoles à la demande.

Enfin, il y eut une rumeur de mouches à merde tenant meeting, au bout de l'horizon. Le nuage safrané se pointait, avec, en son milieu, le pauvre autobus sorti d'un bouquin de Steinbeck.

Je fis claquer mes doigts. Aussitôt Abdulah et moi plongeâmes derrière le capot et nous mîmes à examiner le bloc-moteur, avec ses soupapes, son delco, toute son entraillerie bagnolarde, si belle à lire sur les fiches techniques, mais si conne à contempler que, merde, on se demande comment une tire peut arriver à accomplir deux cent mille bornes avec ces tuyaux imbriqués et ces bouts de câbles qui commandent tout.

Le bus nous noya dans sa poussière d'or en passant. Il puait l'huile bouillante comme un beignet trop tard sorti de la friteuse. Ça nous fit tousser comme tout un sanatorium d'avant Fleming, quand les tubars glaviotaient encore leurs éponges.

A peine le nuage s'éclaircit-il qu'un second nous saupoudra à son tour : la Dodge.

J'eus le temps pourtant de distinguer quatre hommes à l'intérieur. Des gringos.

Les deux véhicules s'éloignèrent, le premier poussif, donnant tout ce qu'il pouvait de ses dernières ressources, le second, souple et retenant les siennes.

— Allez, go ! fis-je à mon compagnon en rabattant le capot.

J'attendis que la route fût déserte pour décarrer à mon tour.

Abdulah sortit un flacon plat de l'une de ses fouilles vastes comme des poubelles et me le tendit.

— Tequila ? me proposa-t-il.

Comme mes papilles gustatives ne bandent pas pour l'alcool à brûler, je repoussai son offre. Alors, il s'engouffra tout le contenu de sa boutanche et ça ne fit pas plus d'effet que quand tu jettes ton emballage de chewing-gum.

Je me demandais où Duck était allé pêcher ce

mammouth. Dans un cirque, probably, où il devait faire le numéro des deux camions qu'un colosse parvient à neutraliser alors qu'ils foncent dans des directions opposées. Ou alors il supportait quinze personnes sur ses épaules, le Jean Valjean des souks !

Un accident de la nature. Ça se rencontre : nains, géants, siamois, gus sans bras... Ou alors l'extrême colosse d'acier. Indestructible ! Le rêve ! Donjon ambulant ! Carcasse à toute épreuve. James Bond cogne dessus sans parvenir à l'ébranler.

On roulait mou, pas rattraper le cortège. De Duck, plus du tout aux horizons, confins. Disparu, mister Superman. Englouti dans l'espace, avec son van et son smokinge.

Soudain, comme le cheval au papa d'Hugo, je fis un écart. Le poste de radio, que pourtant je n'avais pas branché, se mit à jacter. C'était la voix du boss.

— Vous allez bientôt arriver à Tupinamba, disait-elle ; l'autobus s'y arrête, recollez un peu au peloton pour le cas où la chose se produirait dans cette localité. Si vous voyez que la Dodge attend derrière le car, continuez votre route à faible allure et embusquez-vous dans un point adéquat de façon à ne pas être repérés quand ils passeront.

Je répondis « O.K., bien reçu » et enfonçai le champignon.

En cinq minutes, j'aperçus les deux nuages ocre à la queue leu leu sur la route sinueuse.

Je conservai l'espacement et roulai jusqu'à Tupinamba. Mais rien ne se produisit dans cette localité. Le bus stoppa sur la place de l'église au style baroque et la Dodge se plaça dans l'ombre déchirée d'un bouquet d'arbres chétifs.

Fidèles aux consignes de Duck, nous poursuivîmes notre route.

A quatre bornes environ de Tupinamba, il y avait un *cortijo* en ruine sur le bord de la route. Se placarder derrière ses murs à moitié écroulés était du gâteau. Je remisai la Camaro dans ce qui avait été une écurie et descendis à la recherche d'un peu de fraîcheur, car une fois le moteur coupé, l'air conditionné de son sapin ne fonctionnant plus, la chaleur devenait poisseuse dans l'habitacle. Abdulah fouettait de plus en plus fort, comme des abattoirs en grève.

Les lieux « frissonnaient de lézards », comme l'écrivait si bellement une romancière, juré du prix Fémina, dans son livre.

L'endroit sentait un peu le foin et la vermoulance, plus des remugles d'animaux. C'était âcre mais pas trop désagréable, car ces senteurs me rappelaient des moments d'enfance à la campagne dans une masure louée par mes parents, laquelle comportait une grange abandonnée dont le toit s'affaissait en son centre comme un coussin de caissière. Avant qu'on y aménage des gogues de fortune (cabane au fond du jardin), c'était dans la grange qu'on allait dépaqueter. Tout cet espace pour une merde, hautement grisant ! Tu choisissais ton emplacement. Après tu filais une pelletée de terre pardessus, pas être en reste avec le genre animal ; l'homme au moins l'égal du chat, noblesse oblige.

J'attends de nouveau, dans l'ombre mauvissante. Abdulah est allé s'accroupir dans un coin.

On croirait jamais, à nous voir, que nous sommes à l'orée d'un monstre coup de main et qu'il va bientôt chier des bastos. Incohérence biscornue des instants creux avant les instants capitaux. On joue relâche, quoi !

Une vingtaine de minutes s'écoulent. Plusieurs véhicules passent dans un sens ou dans l'autre. Et puis revoilà le brave vieux car. Je me mets à l'aimer comme on se prend de tendresse pour une bête de somme épuisée mais courageuse.

La Dodge toujours, à quelques encablures. Il n'a donc rien remarqué, le chauffeur en short ? Doit pas trop se poser de questions dans l'existence, cézigue.

Je fais un signe à Abdulah. L'énorme masse grise réintègre la Camaro. Et une nouvelle baguenaude reprend.

Ça dure une petite heure avant qu'on déboule dans les faubourgs de Lima. Le bus stoppe rue du Président-Simon-Kusonne. Plusieurs voyageurs quittent le véhicule. Ils se dispersent.

Achtung! La Dodge a achevé de filocher le tobus. Elle s'engage dans une longue rue bordée d'arbrisseaux malingres trop compissés par les chiens errants, trop malmenés par le soleil...

Plus dur de la filocher dans cette voie étroite et surpeuplée.

La radio se fait entendre :

— San-Antonio, nos hommes suivent quelqu'un, donc ils se déplacent à une allure de piéton, abandonnez la Camaro et continuez à pied.

C'était un peu ce que j'étais en train de penser. Je moule la tire, la ferme à clé sans grand espoir. Si on reste absents trop longtemps, il m'étonnerait qu'on la retrouve entière. Les silhouettes équivoques qui glandouillent alentour auront tôt fait de taxer ses pneus, voire de la désosser. Enfin, on ne va pas s'attarder sur ces mesquines considérations.

— Go ! dis-je à l'éléphant man qui me sert de bouffon.

C'est ce qu'il pige le mieux, en fait d'anglais, le khalife. « Go » et aussi « stop ». Deux mots clés, en somme.

On s'élance dans la rue sans trottoirs et sans pavés. Des gosses qui se poursuivent nous bousculent. Quelques jolies filles crados, à la peau de miel et aux yeux en pépins de chirismoya me sourient. Je leur cligne de l'œil, histoire de ne pas laisser perdre leur invite.

On y va coudes au corps car la Dodge a pris de l'avance. J'essaie d'apercevoir la personne qu'elle file ainsi de son allure de corbillard, mais la foule est trop dense.

Bientôt, nous parvenons à une dizaine de mètres d'elle. Elle remonte toute la longueur de la rue. Au sommet de celle-ci, ça débouche sur un quartier moins pouilladin. Une alignée de petites bicoques modestes, toutes agrémentées d'un jardinet grand comme ta table de salle à manger. Les poteaux électriques, en forme de « T », titubent sous le poids des fils en portée de musique horizontale.

Maintenant je peux repérer la personne filée. Il ne s'agit pas d'un homme, mais d'une sorte de sauvageonne brune lestée d'un grand panier carré à couvercle et d'un carton d'épicerie maintenu fermé par une ficelle. Sa charge doit être lourde car elle la dépose fréquemment pour reprendre haleine.

A un certain moment, elle s'assoit sur un muret

de briques. La Dodge a stoppé. Ses occupants n'en bougent pas. Ils guettent. La sauvageonne repart courageusement. Elle a une vingtaine d'années, elle est plutôt petite, avec du poil aux pattes. Ses cheveux longs sont tordus en une seule grosse natte qui passe par-dessus son épaule droite. Elle a une jupe rose, toute froissée, un chemisier de coton blanc plein de taches, des chaussures de cuir à lanières. Aux oreilles des boucles de pacotille, en cuivre.

Elle presse le pas comme quelqu'un qui fournit l'ultime effort, étant proche de son but.

Effectivement, elle parvient devant une bicoque un peu plus pimpante que les autres malgré son toit d'Eternit.

Elle se fige, regarde derrière elle pendant un bon moment. A-t-elle senti qu'elle était suivie, ou bien agit-elle ainsi selon un code de prudence habituel ?

Elle paraît attendre quelqu'un.

Et ça dure…

Ça dure… Je te mens pas : au moins trente minutes.

Au bout d'environ ce temps-là, comme dirait Jean-François Revel dans son *Ode à Lecanuet,* voilà qu'une énorme matrone débouche de la maison, traînant un sac poubelle qu'elle balance carrément dans la rue, au bord de l'espèce de caniveau qui draine les eaux usées.

Elle jette un regard à la fille aux bagages. Laquelle reprend sa route.

Et moi, j'analyse, comprends-tu, Landru ? Faut pas croire que parce que je marche aux ordres de Superman Duck je suis devenu adjudant de carrière. Il a toujours sa belle gamberge ripolinée, l'Antoine. Fleur de coin !

Je m'écume à fond la pensarde et ça donne exactement ça : « les Dodge's brothers filent la sauvageonne parce qu'ils croient qu'elle va les conduire à Streiger. La fille se pointe devant une maison et se met à attendre. Elle poireaute une demi-heure entre ses deux colis. Là-dessus, une femme sort de la maison, jette un paquet d'ordures et regarde la fille. Aussitôt, la fille s'en va. Je conclus que « quelqu'un » dans cette taule doit attendre la môme et surveiller la rue pour s'assurer qu'elle n'est pas filée. A la jumelle, *of course!* Ledit quelqu'un a retapissé la Dodge arrêtée au loin avec ses quatre occupants ; et puis Abdulah et ma pomme aussi par la même occasion (en anglais : *the same occasion*).

L'intervention de la grosse mégère fait partie du code. La fille a pigé qu'il y avait du danger et s'est esbignée.

Alors moi, Antonio le Grand, pardon : le Sublime (j'oubliais que j'avais mis mes bandes protectrices aux chevilles), je me convoque de toute urgence pour une conférence au sommet. Et je me dis tu sais quoi ? Deux points, ouvre tes oreilles et les guillemets :

« Suppose, mon grand chéri, que tu sois le nazi traqué. Tu t'es organisé une vie de renard. Tu es sans cesse sur le qui-vive car tu n'as pas envie d'aller te faire suspendre par le cou dans une prison de Jérusalem. Aujourd'hui, y a alerte. La gosse que tu attends et qui t'apporte Dieu sait quoi a dans son environnement des mecs pas catholiques (et pour cause !). Tu fais quoi, si tu es marle, mon drôle ? Tu te prends par la menotte et, fissa, tu t'emmènes promener. *A capito ?* Si Streiger crèche ici, il a fatalement prévu une sortie de secours. Et il est en train de les mettre à une vitesse qui pulvérise celle du son, voir même celle de la « luce ».

— Attendez ici, fais-je à Abdulah. Si les hommes de la Dodge pénètrent dans la maison et qu'ils ressortent à cinq, alors intervenez !

Je franchis un jardinet, sur ma droite. Une haie de fraisiers géants le borde. Je la franchis. Un mec basané sort furibard de sa taule et m'apostrophe pire que Bernard Pivot. Je lui présente mon poing avec juste le médius en l'air. Il aime pas, se rue. D'un coup de boule dans ses huit ultimes chicots je le rends chauve des gencives. Il tombe le cul sur ses vingt mètres carrés de gazon, les yeux au ciel, à la recherche d'Apollon 130, mais la fusée est en retard, s'étant paumée en survolant le triangle des Bermudes.

De l'autre côté de la haie, il y a un sentier galeux encombré de boîtes de conserve vides, de landaus sans roues, de roues sans vélo, de papiers gras, d'étrons secs, de cages sans oiseaux et d'oiseaux sans cage.

Nobody. Tout de même je détecte quelque chose, et c'est des bribes de fumée bleue dont l'odeur me dit qu'elle vient d'être produite par un moteur à deux-temps trois mouvements.

San-Tonio, tu veux que je te dise ?

Unique !

Un cas.

Rare.

Comme le marbre du même nom.

Je m'élance (d'arrosage). J'ai pas la prétention

de battre un Solex à la course, que non ! Mais je me dis qu'en pareille circonstance, il est préférable de courir dans la bonne direction plutôt que dans une autre.

Au bout du sentier c'est une ruelle. Deux petites filles jouent à se raconter la bitoune de leurs grands frères.

En espingouin je leur demande si elles n'ont pas vu passer quelqu'un à mobylette ?

Mais que si. Il a pris à la dextre.

Gracias, les mômes. *Very mucho !*

Je reprends haleine, puis ma course.

Juste voilà un vieux bonhomme qui se pointe sur une minuscule moto 125 cm^3, japonaise à n'en plus pouvoir (même qu'elle a les roues bridées).

Je me fous en son traviole. Il pile, décrit un tête-à-couette. Ma pomme, ni hune ni dos, je puise une poignée de dollars dans mes vagues. Combien ? Deux cents peut-être. Et peut-être davantage, île nain porte, comme disait la marquise de Sévignoble dans ses fameux rébus qu'elle envoyait à sa fille. Fourre la liasse dans la main du notaire (pour le moins du notable) et enfourche son bolide avant qu'il ne l'ait quitté, achevant de l'expulser d'un coup de cul.

— *Más tarde !* je lui promets.

De toute façon, il a de quoi se payer une autre épave.

RRRaoum ! I roum ! En piste. C'est là que, dans le vouesterne, retentit la musique de la chevauchée infernale. L'air des grands horizons. Tatatsoin ! Tatata !

Fond la caisse ! Hardi ! Suce (à) l'ennemi !

Au bout de la ruelle, coup de périscope. Un

gauche-droite Roland Garros. « Il » est là-bas... A quelque deux cents mètres. J'accélère. Me rapproche.

Merde, c'est une femme ! Une personne rondouillarde, avec un foulard noué sur sa tignasse crépue. Y a gourance. Fourvoyance ! Forfaiture ! Haute trahison du sort. Du coquin de sort ! Je me suis mélangé les pinceaux. La navrance m'empare. Ça me biche au creux de l'estom', me descend plus bas, dans les œufs de Pâques, dévale jusqu'aux pieds où ça m'occasionne des crampes de l'écrivain.

La grosse dame roule le train de sénatrice, et mahousse comme elle est, c'est un train de marchandises.

Me reste plus qu'à rejoindre Abdulah. Mais au moment que je prends ma décision : vrraoum ! splatch ! comme on dit puis dans les bandes dessinées. Je suis télescopé plein cadre par un véhicule. Du coup, suis propulsé hors du mien, lequel se met à tortillonner sur place en crachant bleu tandis que je volplane sur la chaussée. Heureusement, je tombe sur l'éventaire d'un marchand de bananes ambulant. Des jolies bananes minuscules, mûres à point. J'en héberge de partout, ou presque, qu'heureusement j'ai mon slip, sinon t'irais croire des choses.

Je visionne le point de collision. Malédictas ! C'est la Dodge qui m'a percuté. Elle continue imperturbablement son chemin. Lequel se trouve être celui de la mobylettiste.

Donc, les gars des services secrets israéliens ont eu la même idée que moi, et re-donc, la piste de la grosse femme pétaradante est bien une chaude piste. C'est très à elle qu'ils en ont.

D'un regard fripé je constate que la 125 est nase, ayant les roues en forme de 88. Alors ?

Alors, je vais te dire l'à quel point que ça s'enchaîne poil-poil dans mes *books*. Qui vois-je débouler ? Abdulah au volant de la Camaro. Il bombe à fond la caisse. Je me jette devant la voiture. Il pile. Je saute *in*. *Go !*

The infernal pursuit !

J'indique à bébé sombre la bonne direction, car il déboulait au pif, ayant perdu de vue la Dodge pendant un bon moment.

On la retapisse. Fatal : elle roule planplan. Tout à l'heure elle filait une jeune fille à pied, maintenant elle suit une vieille à mob. Du gâteau !

La grosse *woman* a pigé qu'elle avait du trèpe aux miches car elle prend des risques, brûlant les feux rouges, se faufilant follement dans le flot de la circulance. Sa témérité paie : elle sème du poivre en grains aux dodgistes, et par conséquent à nous.

Mais hélas, elle est trahie par le Seigneur. Pile comme elle va s'élancer dans l'Avenida Presidente Capotan Glès, une procession déboule, protégée par la police. J'allais oublier de te dire que nous sommes la Sainte-Inés de la Consternation, patronne des chômeurs, et qu'un monstre défilé a été organisé par le P.C. péruvien pour célébrer la fête.

La grosse femme comprend qu'elle ne pourra pas couper la procession et tourne guidon. Hélas elle dérape. Son engin, comme le mien naguère, continue de tourner et de trépider au sol par-dessus sa grosse cavalière.

Les quatre messieurs obligeants de la Dodge se précipitent avec un altruisme que, vrai, y a encore des braves gens sur cette terre ! Ils relèvent mémère, coupent les gaz de sa bécane, emportent Médème dans leur vaste chignole. Pour la soigner sans doute. Les témoins trouvent qu'ils sont *very* obligeants, ces gringos. Faut pas toujours dauber sur eux ! Y en a de convenables, la preuve !

La Dodge décarre. Un loustic confirmé chourave en loucedé la mob. Un second, qui passait par là, ne l'entend pas de cette oreille, ayant oublié son sonotone. Il en veut aussi. Bien qu'une mobylette soit pourvue de deux roues, elle est mal partageable. S'ensuit une bataille rangée des voitures pour faire valoir un droit de préemption hypothétique.

Abdulah contourne la bagarre pour s'élancer derrière la Dodge. Cette fois elle met la sauce.

La radio grésille et la voix de Duck retentit :

— Où en êtes-vous ?

— Vos petits copains viennent de kidnapper en pleine rue une grosse vieillarde à mobylette et se dirigent vers les beaux quartiers.

— Ils la conduisent sûrement à l'ambassade d'Israël. Intervenez immédiatement.

— Des consignes ?

— Pas d'autre que celle-ci : il nous faut la vieille ! S'ils atteignent l'ambassade, ce sera foutu ; alors allez-y !

— Vous avez pigé ? demandé-je à Abdulah.

Il acquiesce. Puis, comme pour me prouver qu'il est en forme, il enfonce le champignon et, en quelques seringuées rattrape et dépasse la Dodge. C'est l'instant où celle-ci s'apprête à obliquer dans l'Avenida Presidente Manuel Skoler. Avec une témérité digne des doges, le monstre grimpe sur le trottoir pour feinter la Dodge et l'oblige, en la serrant à droite toute, de couper l'artère et d'aller se coincer contre un arbre, de l'autre côté.

Les gars ont pigé l'attaque surprise et dégainent.

Alors Abdulah commence à justifier la confiance que Duck met en lui. Il tire, des plis de son vêtement, une arme — ou un outil ? — surprenante. La chose ressemble à un pic à glace dont la tige serait longue d'une trentaine de centimètres et dont le manche serait pourvu d'une boule d'acier grosse comme une boule de billard.

Ce qui suit, je t'y raconte calmos, que tu puisses comprendre malgré tes carences mentales, mais ça se déroule en moins de temps qu'il n'en faut à un lapin pour mettre sa femme enceinte.

Le sac de viande s'est jeté au sol, contre la Dodge, donc à l'abri des pruneaux, et crève les pneus droit du véhicule. Voilà une bonne chose de faite.

La tire se penche sur le côté. Il me crie « Go ! Go ! »

En bon gogo, j'obtempère et décolle la Camaro de la Dodge.

Le temps de la courte manœuvre, Abdulah a contourné l'auto des Israéliens. Il l'empoigne par le bas de caisse et la fait basculer aussi facilement que s'il renversait un guéridon Louis XV. La chignole est sur le flanc. Faut en sortir en se hissant par les portières de gauche qui à présent se trouvent à la place du plafond. L'ami Abdulah n'a pas terminé sa besogne. Il sort d'une de ses grandes poches une minuscule grenade, la dégoupille et la balance dans l'auto.

Ensuite, plus rien ne se passe. Alors, aussi facilement qu'il l'a fait basculer, il la remet sur ses quatre pattes (inégales du fait de la double crevaison). A l'intérieur, ces messieurs-dames sont inanimés. Pleines vapes, grâce à la bombe soporifique. Abdulah ouvre la portière arrière, dégage un gonzier roux, puis la vieille dame. Elle a perdu sa perruque crépue et c'est un homme aux tifs rasés, d'un blond presque blanc.

Streiger en personne.

Mon pote, c'est le génie de la lampe d'Aladin. Il empoigne le bonhomme comme si c'était un paquet de coton hydrophile et le fourre à l'arrière de notre tire. Tout ça sans se presser. Evidemment, la foule forme le cercle. Pour du beau spectacle, c'est du beau spectacle. Tout juste si les Péruviens n'applaudissent pas. Ils regardent, fascinés. D'aucuns sourient. Abdulah leur fait un salut de la main et se coule à la place passager.

Je décarre, les badauds s'écartent pour nous laisser le passage.

La radio nous apporte la voix paisible de Duck.

— Tout va bien ? demande-t-elle.

— Au poil.

— Je suis très près de vous et j'ai assisté à l'opération. Empruntez la petite rue sur la droite et suivez-la jusqu'au bout. Elle donne sur une avenue, prenez à droite. A partir de là vous m'apercevrez. Doublez-moi et attendez mes instructions, moi je vous couvrirai.

— Entendu.

Abdulah sort son arme et s'octroie une nouvelle sniffée de coke.

Puis retombe dans ses torpeurs orientales.

CHAPITRE III

Duck se balançait mollement dans un rocking-chair en fumant un Davidoff gros comme une baguette de pain. Impec dans son smok à col châle, le nœud pap' bien d'aplomb, les vernis rutilants comme des carapaces de scarabées noirs, le pli du futal tranchant comme un coutelas, il défrimait Streiger à travers la fumée odorante de son barreau de chaise.

L'ex-nazi est allongé sur un lit somptueux, capitonné soie, dans les tons parme. Le soleil filtre à travers les volets, illuminant la pièce de ses doigts d'or, ainsi que le mentionnait poétiquement Leprince-Ringuet dans une lettre à la princesse Ringuet, son épouse.

Il fait doux, grâce à l'air conditionné qui mouline du suave en zonzonnant.

Je pose la revue médicale dans laquelle je lisais un article consacré à la chaude pisse des gardes-barrières.

Streiger a repris conscience et, les yeux béants, s'imprègne de son environnement.

Evidemment, il ne pige pas. Tout a été si rapide ! Sa fuite, travesti en bonne femme, par le sentier de dégagement... Sa chute. Des hommes qui le ramassent et l'embarquent dans la grosse tire ricaine. Puis le coup de main au cours duquel il est envapé.

— Comment vous sentez-vous, monsieur Streiger ? s'informe Duck après avoir retiré son obus de sa bouche.

L'autre ne cille pas. Ses yeux clairs se posent sur son interlocuteur.

— Ç'a été moins une, n'est-ce pas ? continue Superman.

Streiger attend toujours. Son calme n'est qu'apparent, il pue la frousse. La trouille a toujours une odeur un peu acide. Je le trouve vieux, avachi, vaguement corrompu par son exil au soleil. Plus de quarante piges de traque, ça délabre un bonhomme. M'est avis qu'il doit biberonner, l'ancien nazi. Son foie, s'il connaît pas, les présentations vont pas tarder ; ça se lit sur son teint jaune et ses yeux couleur jonquille. La cirrhose rôdaille autour de lui, comme un chat autour d'une pièce d'eau bourrée de poissons rouges.

— Avez-vous une idée de ce qui vient de se passer, monsieur Streiger ? demande Duck.

L'autre décolle enfin sa langue de son palais.

— On m'a enlevé, fait-il d'une voix neutre.

Il parle l'anglais avec l'accent espagnol, cet Allemand, curieux, non ?

— Dans un premier temps, oui. Les services secrets israéliens étaient parvenus à vous retrouver et à vous kidnapper de manière assez vive ; seulement, dans un deuxième temps, je vous ai arraché de leurs griffes.

L'Allemand ne paraît pas rassuré pour autant.

— Pourquoi ? interroge-t-il.

Bonne question à cent sols (1).

Pas fou, le bourdon. Il se gaffe bien que nous n'avons pas pris de tels risques pour jouer *Fort Apache* en 16 millimètres.

— Pour vous arracher à une mort certaine, monsieur Streiger. Vous connaissez le processus avec les Israéliens ? On vous planque pendant un certain temps à l'ambassade, puis on vous drogue pour vous loger dans une malle diplomatique. Et c'est Jérusalem ! Tribunal, cage de verre, sentence, pendaison. Ils ont des circonstances atténuantes : six millions de morts, ça vous reste longtemps en travers de la gorge.

— Pourquoi ma vie vous intéresse-t-elle ? insiste Streiger.

Duck sourit.

— Parce qu'elle constitue une solide monnaie d'échange. Si vous avez eu le courage d'exister dans de telles conditions pendant près d'un demi-siècle, c'est que vous y tenez, soyons logiques.

— Et vous me l'échangeriez contre quoi ?

Duck se remet à tirer sur le Davidoff, en arrache une goulée de fumaga épaisse comme celle qui flottait au-dessus du Creusot jadis.

— Je vous fais un bref résumé de la situation : Berlin, 1945. L'Allemagne s'écroule, Hitler se suicide. C'est le sauve-qui-peut. En homme prévoyant, vous vous êtes préparé une fausse identité, mais vous savez qu'elle ne sera pas suffisante et que, si vous restez dans votre pays, dans les mois qui viendront vous serez démasqué, pris, jugé et exécuté. Alors, vous tentez le tout pour le tout.

1. *Le sol est l'unité monétaire péruvienne.*

Sous votre faux nom, vous allez trouver les autorités américaines d'Occupation. Vous leur dites être en possession d'une certaine invention du docteur Karl Bruckner, chimiste réputé du Troisième Reich. Vous fournissez, comme preuves de ce que vous avancez, certains éléments qui convainquent les Ricains.

« Ils traitent avec vous, vous assurent le droit d'asile aux U.S.A. en échange de l'invention en question. Vous avez prétendu que ladite se trouvait déjà sur le sol américain et que vous seul pouviez l'y récupérer. Une fois en Amérique, vous blousez somptueusement les Amerloques et disparaissez. Beau travail d'évaporation. La souris qui tire un bras d'honneur au chat en lui filant d'entre les pattes ! Les Yankees ont beau mobiliser vingt bonshommes pour vous retrouver, c'est l'échec. Et le temps passe.

« Quelques années plus tard, les Israéliens ouvrent la chasse aux criminels nazis. Ils sont pugnaces. Le temps ne désamorce pas leur volonté. Vous êtes en bonne place sur la liste des gens à récupérer et ils vous retrouveront. Seule votre mort pourrait vous sauver, si je puis dire. Ils la prennent de vitesse et finissent par lever votre piste. C'est là que nous intervenons, nous, gens plus prosaïques. »

— Qui êtes-vous ?

— Des marginaux tout terrain auxquels certains gouvernements font appel pour régler des questions particulièrement délicates. En l'occurrence, comme nous avons un système d'information très poussé, nous avons su ce que les Israéliens préparaient contre vous. Alors nous les avons mis sous surveillance. Double enquête simultanée : eux s'occupaient de vous, et nous d'eux. Conclusion, vous voilà des nôtres.

Duck roule amoureusement son cigare entre ses doigts de chirurgien (ou de pianiste). C'est un jouisseur délicat.

— Quelle est votre proposition ? finit par s'inquiéter Streiger, de plus en plus mal à son aise.

— Vous l'avez déjà deviné : les travaux de Karl Bruckner contre votre peau.

— Je ne suis pas en mesure de vous les remettre et ne l'ai jamais été. Mon contact avec les Américains, en 45, c'était un coup de bluff. Je n'ai jamais disposé d'autre chose que des éléments que je leur ai soumis.

— En ce cas, dommage pour vous. Mais quoi, il faut bien faire une fin, monsieur Streiger. Quarante et quelques années de sursis, ce fut bon à prendre, n'est-ce pas ?

— Qu'allez-vous faire ?

— Vous reconduire à votre domicile.

Duck se tourne vers moi.

— Fausse manœuvre, mon cher, me dit-il. Inclinons-nous ! Vous allez avec Abdulah emmener M. Streiger chez lui.

Il se lève et s'approche d'un poste téléphonique vert pistache, aux lignes futuristes (je devrais dire présentistes puisqu'il existe déjà). Il prend l'appareil et le porte sur le lit où gît le nazi…

— Afin qu'il n'y ait pas de malentendu entre nous, voulez-vous être assez aimable pour composer le 878-37-95, monsieur Streiger ?

— Qu'est-ce que c'est ?

— Vous le verrez bien. Faites !

Ce diable de Duck dégage une telle autorité que l'autre se met à pianoter les touches sous la dictée de l'homme au smoking.

L'appareil est équipé d'un diffuseur, on perçoit la sonnerie d'appel. Elle retentit par deux fois avant qu'on décroche. Une voix veloutée, dont il est difficile de déterminer si elle est masculine ou féminine, annonce :

— Ambassade d'Israël, j'écoute !

Streiger lâche l'écouteur comme si la fée Machinchouette l'avait transformé en un serpent venimeux. Duck s'en saisit promptement.

— Voulez-vous informer vos services secrets que l'homme qui vient de leur échapper va rentrer dans sa maison dans quelques instants ? Merci.

Il raccroche.

— Vous me tuez ! murmure Streiger.

— Non, rectifie mon éminent « associé », c'est vous qui vous suicidez.

Il se lève, époussette avec horreur une traînée de cendre qui macule son revers de soie et salue l'Allemand d'un hochement de tête guindé.

Il sort.

Je demeure seul avec messire Streiger. L'ambiance n'est pas à l'euphorie. Il a beau être chargé d'une bonne partie des péchés du monde, il m'inspire néanmoins quelque compassion. C'est une vieille épave à présent. Que reste-t-il dans cet homme du tortionnaire nazi de jadis ? Les quarante années qu'il vient de passer, perpétuellement sur le qui-vive, suant d'angoisse, sans cesse aux aguets, s'effrayant de tout, redoutant chaque être qui l'approchait, ont miné son moral, ruiné sa santé. Le soleil, une semi-misère, l'exil complet... Il a subi sa punition, vécu sa damnation.

— Vous prenez un coup de tequila avant de partir ? proposé-je. Ou bien préférez-vous du whisky ?

— Whisky.

Je me penche sur le bar roulant peuplé de boissons et lui verse une monstre rasade.

— Sec ?

— *On the rocks !*

Les gros cubes de glace s'entrechoquent. Bruit de vacances.

Il saisit le large verre en cristal taillé.

— Merci.

— Puis-je vous poser une question ? risqué-je.

Il relève ses sourcils par-dessus les parois du verre qui grossissent ses yeux, lui donnant un regard de batracien.

— Perdu pour perdu, pourquoi n'abandonnez-vous pas l'invention puisqu'on vous l'échange contre votre vie ?

— Je ne l'ai pas.

Il abaisse son glass et ajoute :

— Et puis, dites, une découverte datant de cinquante ans, croyez-vous qu'elle soit encore intéressante à notre époque où la science a pris un tel essor ?

— La roue a été inventée il y a bien plus longtemps et reste toujours valable.

Il hoche la tête.

— Peut-être, mais je ne possède pas ces documents.

Je m'appuie sur le montant inférieur du lit et me mets à le fixer avec une intensité de fakir.

— Pourquoi me regardez-vous de la sorte ?

— Je déchiffre votre visage, monsieur Streiger. J'ai suffisamment de psychologie pour savoir quand un homme ment. Et vous mentez !

Il détourne les yeux, avale une rasade de scotch.

— Réfléchissez, dit-il. Si je possédais la chose en question, pourquoi l'aurais-je gardée pendant près d'un demi-siècle sans chercher à en tirer parti ?

— Chacun possède ses raisons que les autres ne sont pas toujours à même de comprendre.

Streiger branle le chef.

— Si vous me reconduisez là-bas, je suis un homme mort ; vous croyez que je préfère être pendu plutôt que de livrer ce secret ?

— Oui.

— Ça n'a pas de sens.

— Non, sauf pour vous. C'en a fatalement un pour vous puisque vous adoptez ce comportement.

— Si vous disposez de sérum de vérité, administrez-le-moi, vous constaterez que je dis vrai.

— On vous en a déjà foutu quelques millimètres cubes dans le cul, cher monsieur, pendant que vous étiez *out*.

Il a un éclair de triomphe.

— Eh bien, alors ! Vous voyez !

— Cette méthode n'est pas infaillible. Un processus mental s'est opéré en vous. Au fil des décades, vous êtes parvenu à neutraliser la réalité concernant les travaux de Bruckner. En fait vous vous êtes conditionné pour vous persuader que vous en ignoriez tout.

— Hum, c'est bien fumeux.

— Mais c'est vrai ! Vous vivez dans une profonde solitude morale et vous avez eu tout le temps de tenter l'expérience. Je vais plus loin : quand vous affirmez ne rien savoir des documents en question, je suis persuadé qu'au premier degré, votre esprit accepte ce mensonge. Tenez, je vais plus loin : même si l'on vous torturait vous ne parleriez pas. *Vous ne pourriez pas parler* car vous êtes parvenu, à force d'autosuggestion, au point de blocage. Le phénomène est intéressant.

Est-ce l'effet du whisky ? Il est écarlate. Ses pommettes sont redevenues teutonnes ; elles vermillonnent comme des nez de clown.

— Je ne sais rien ! déclare-t-il catégoriquement.

— J'espère que c'est vrai, sinon ce serait ridicule.

La porte s'ouvre sur Abdulah, chargé à mort. Il a encore de la poudre blanche dans les naseaux, cézigue. Il vit la grande éblouisserie perpétuelle, en état de semi-extase. C'est peut-être pas fameux pour la santé, mais ça aide à supporter sa belle-doche !

Il va au lit, empoigne Streiger par la robe et le soulève du lit.

— Allons-y, soupiré-je.

Et c'est à cet instant que la grande idée me vient, sans crier gare, ni train, ni voie ferrée. Je suis comme ça depuis tout petit. A l'école, déjà, je me souviens... J'écoutais le maître d'une oreille distraite, et tout à coup, poum ! Une idée ! Ça concernait n'importe qui ou quoi : ma bonne amie du moment, mon vélo, les vacances... Une idée coup de poing qui me survoltait le mental. M'exaltait. Le maître croyait que j'avais pigé ses démonstrations ou explicances. Il me questionnait. Je séchais. M'en branlais au sang de sa science émiettée ! Tout ce qu'ils ont pu me dire, je leur fais cadeau. Ce que je sais, je l'ai appris tout seul en lisant des livres, en lisant la vie, en baisant, en aimant mon prochain comme moi-même pour l'amour de Dieu ! Les grandes éloquences, comme quoi le théorème de mister Pythagore, Pi trois-quatorze-cent-seize, le reste ? Dans l'oignon, mon grand ! Dans l'oigne, tout au fond fin fond ! Ils le sentaient bien, les profs, que j'en avais rien à cirer, que mon siège était fait et que ma vie s'organiserait autour de la vraie vie, sans les turpitudes du savoir sous cellophane. Diplômé des nuages, l'Antonio ! Docteur ès tendresse. Licencié en coïts ! Le pied, le *foot !* Le tas, quoi ! Cette authentique grande école. Faculté de s'en foutre !

Et ma grande idée, elle éclôt tel le volubilis aux premières lueurs de l'aube.

— Vous savez au moins ce qui va se passer, monsieur Streiger ? je lui murmure. Pour vous, y a plus d'illuses à vous faire ; seulement nous nous restons aux prises avec notre problème, qui est de récupérer les papiers. Du moment que la porte de vos confidences est verrouillée, on va frapper à d'autres.

Là, ça lui praline le caberluche plein fouet, cézigue. Son regard bleu clair, avec les stries sanguinolentes de la picole, paraît s'agrandir.

Il se fait un cinoche éclair ; passe en revue toutes les possibilités. La gamberge, chez l'homme, c'est un vrai fléau, si tu veux bien l'admettre. Les grandes épreuves s'opèrent dans le cigare.

— Qu'entendez-vous par là ? il susurre d'une voix morte.

— Votre entourage va passer au gril, vous le concevez, j'espère ? Les Israéliens, quant à eux, ne désirent que votre peau ; ils ont soif de votre sang, comme on dit dans les petits romans bon marché. Nous autres, ce qui nous intéresse, ce sont les documents Bruckner. Avant de nous avouer vaincus, nous allons tout tenter pour essayer de les découvrir. Les Juifs ayant raté votre enlèvement vont se contenter de vous filer une balle dans le ventre, et puis, une heure plus tard, une autre dans la nuque. Nous, nous allons récupérer la jolie petite sauvageonne de Tupinamba et lui éplucher le pedigree, la questionner bien à fond en espérant qu'elle pourra nous livrer des tuyaux en bon état.

— Ne faites pas ça ! s'écrie-t-il.

Que dès lors, il est à nous, le vieux mec ! Je viens de lui ôter sa godasse et sa chaussette pour mettre à nu son talon d'Achille.

Nous sommes assis sur une terrasse fleurie. On voit la mer, comme je vois ton cul quand je te brosse en levrette, fillette. Et paraîtrait que par beau temps, à l'aide de fortes jumelles, on aperçoit même le tropique du Capricorne !

Duck sirote un whisky de vingt ans d'âge dans lequel il a fait tomber quelques gouttes d'angustura, laquelle est un fébrifuge efficace, soit dit en passant. Il s'alcoolise rarement, juste pour fêter d'importantes victoires.

Il avale une menue gorgée de sa mixture, la

savoure en la conservant quelques instants en bouche avant de descendez-on-vous-demande. Son palais ébloui se rince ensuite à l'air embaumé par les orangers en fleur.

— C'est cela qui me séduit en vous, me déclare-t-il tout de tu sais quoi ? Go !

Je visse sur l'homme au smoking un regard si candide qu'il ferait chialer un promoteur immobilier.

Duck explique :

— L'initiative, la psychologie. L'art de renverser une situation apparemment compromise. Le flair ! Surtout le flair ! Vous êtes un authentique policier.

N'en jetez plus ! Emmitouflé dans ses compliments doublés laine, je me sens devenir prix Nobel.

Il reprend, jugeant qu'il ne m'a pas passé la seconde couche :

— L'esprit de déduction est surprenant chez vous. Je vous écoutais, depuis la pièce voisine, et j'étais ravi par votre progression. Comment avez-vous senti que la fille jouait un tel rôle dans sa vie ?

— Vous venez de le dire : « Je l'ai senti. » Comme j'avais senti qu'il savait parfaitement où se trouvent les papiers de Karl Bruckner. Ceux-ci, c'est la dot de la petite. Lui mort, donc mis à l'abri des recherches par la volonté divine, elle allait pouvoir opérer des transactions avec le gouvernement américain ; il lui a écrit toute la marche à suivre, les arguments à employer, les pièces à conviction à soumettre, la somme à demander, les précautions dont elle devait s'entourer pour se la faire verser.

Duck s'octroie une nouvelle goulée de whisky angusturé.

— L'instinct de reproduction est vraiment chevillé à l'homme, note Duck. Voilà un criminel nazi en fuite, traqué par des forces impressionnantes, et qui parvient à faire un enfant à une femme.

— C'était une Indienne, dis-je. Elle est morte l'an dernier. Streiger ne voyait les deux femmes que rarement mais il pourvoyait à leurs besoins.

« Pour égarer les recherches, il vivait assez loin d'elles. La gosse lui rendait visite une fois par mois, avec mille précautions, nous nous en sommes rendu compte. »

— Quand nous aurons mis la main sur les documents, je lui verserai une partie de nos honoraires, décide mon compagnon.

— Je peux vous demander ce qu'est le programme à présent ?

— Vous allez partir à la recherche du magot avec Streiger.

— Il va retourner en Allemagne ! m'effaré-je.

— Pourquoi pas ? Depuis ses exploits, il a changé de visage, le temps étant un sacré maquilleur, et je lui assurerai une fausse identité.

— Vous me dites que je vais partir, vous ne viendrez pas, vous ?

— Non. Par contre, ma fille Carson vous rejoindra.

Je parviens à rester de marbre, pas lui livrer ma joie. Mais elle est si ardente que le vieux renard doit la humer. Le bonheur, tout comme la peur ou la haine, dégage une odeur. Carson ! Pas un jour sans que je ne pense à elle (1). Et voilà que Duck nous associe ! Dis, c'est trop beau ! Pince-me ou pince-moi !

— Comme vous voudrez ! fais-je avec détachement (j'ai apporté du K2R).

— Puisque vous êtes destiné à me remplacer, il est bon que je vous donne carte blanche, précise Duck.

— Merci de la confiance.

— Tout ce que je vous demande, c'est de ramener les travaux Bruckner.

— Et Streiger ?

— Faites-en ce que vous voudrez, son sort ne m'intéresse pas.

Il sourit et ajoute :

— Je vous le donne !

1. *Lis absolument : Dégustez, gourmandes !*

DEUXIEME PARTIE

LA MAISONNETTE ROSE

CHAPITRE IV

C'est un coin verdoyant de Bavière. L'auberge se nomme *Die Forelle* (la Truite). Tu croirais une carte postale. Un gros toit plongeant, des fenêtres à petits carreaux avec, devant chacune d'elles, une jardinière pleine de géraniums, des colombages bruns, un perron de pierre arrondi et des oriflammes au-dessus de la porte. La salle à manger, en boiseries sombres et ouvragées, est riche de meubles peints. Elle sent bon la cire fraîche, la charcuterie fumée et la rose trémière dont un petit bouquet orne chaque table.

On est en train de se farcir un petit déjeuner confortable, Streiger et moi. Nous sommes arrivés de la veille, en provenance de l'aéroport de Munich, et venons de passer une bonne nuit entre des draps rugueux qui sentent la colline au petit matin. C'est le chant d'un coq germanique qui nous a réveillés. Après de hâtives ablutions, nous nous sommes retrouvés face à face, devant une fenêtre. Du jambon aux tranches mastardes, des saucisses, des œufs, un énorme pot de café, une jatte de crème nous attendaient.

On clape sans se regarder. L'ancien nazi semble

prostré. Sans doute craint-il pour sa fille que Duck a prise en otage en attendant la fin de ma mission. Son destin merdoie sur la fin de parcours. Il espérait terminer vaille que vaille sa vie d'homme traqué, dans la chaleur et le tohu-bohu péruviens. Les visites de sa fille, des bouteilles de tequila, constituaient ses seules joies. Il se sentait en partance pour la mort. Après lui, son enfant serait riche. Il s'était muré dans un fatalisme immobile, vivant chaque minute dans un engourdissement qui équivalait à du bien-être. Et puis la foudre est tombée sur sa léthargie, l'obligeant à tout reconsidérer. Pour la seconde fois de son existence, un éboulement a ravagé son destin. Il cherche à tirer parti des décombres.

Nous avons peu parlé depuis notre départ de Lima. Dans un premier temps, nous avons discrètement quitté le Pérou à bord d'un yacht de plaisance qui a fait escale à Iquique, au Chili, où nous sommes descendus. Nous avons alors pris le train jusqu'à Santiago, et de là l'avion pour Paris. Puis ç'a été Paris-Munich. A Munich j'ai loué une voiture pour venir dans cette localité de Bärbach où, selon les affirmations de Streiger, se trouvent les documents Bruckner.

L'aspect de mon « prisonnier » a quelque peu changé. Ses cheveux ont été teints en brun, ce qui le rajeunit considérablement. Il porte de grosses lunettes à monture d'écaille, aux verres teintés, et on l'a saboulé dans le style gentleman-farmer : vestes sport, pied-de-poule ou à carreaux, et chemises à col ouvert. Pantalons gris, mocassins élégants ; il est requinqué à cent pour cent. D'après sa nouvelle identité, il se nomme David Collins, citoyen américain de Detroit. Ex-pédégé d'une manufacture de pièces détachées d'automobiles en retraite ; veuf, sans enfants.

— Eh bien, mon cher, fais-je après avoir tortoré une tranche de jambon fumé, quel effet cela vous fait-il de respirer l'air du pays après tant d'années d'exil ?

Il hoche la tête.

— Ce pays n'est plus le mien, soupire Streiger.

— Vous êtes natif de Bärbach ?

— Pas moi, ma mère.

Comme j'ai toujours la mienne présente au cœur, je m'intéresse fatalement à celle des autres.

— Qu'est-elle devenue ?

L'Allemand hausse les épaules.

— Je l'ignore.

— Comment, vous n'avez jamais eu de nouvelles d'elle ?

— Non ; pas depuis ma fuite.

Il plonge le nez dans son assiette. Je comprends alors qu'il a vraiment tout sacrifié à sa sécurité. Il savait qu'on retrouve les hommes en fuite en surveillant leur femme, leur maîtresse, leur mère ou leur fille. Lui a préféré abandonner sa vieille à tout jamais plutôt que de prendre le moindre risque en lui écrivant. C'est vraiment ce qui s'appelle tourner la page. Ça dénote une sacrée sécheresse de cœur ! Cette attitude crée en moi une espèce d'épouvante. Ce type est donc un vrai monstre ? Non, cependant, puisqu'il a réagi à l'amour paternel. Il se sera accompli à travers sa fille...

— Vous ignorez quand et comment elle est morte ?

— Absolument.

— Cela vous intéresserait de l'apprendre ?

Alors il a cette phrase odieuse :

— Ce ne serait pas très prudent de le demander.

— En effet, conviens-je.

Il demande, penaud :

— Pourrais-je avoir un peu de vin blanc ?

Je note qu'il a la tremblote, comme les types en manque.

— Bien sûr, le café, c'est pas votre tasse de thé, hein ?

Il sourit.

— Dans un premier temps, si ; mais j'ai besoin d'alcool.

Je passe commande à la sommelière dodue et rougeaude, croquignolette avec sa robe noire et son mignon tablier blanc à la poche gonflée d'un énorme portefeuille rebondi. On croirait qu'elle est enceinte, Ninette.

Je lui file un coup de saveur retentissant qui la télescope jusqu'au slip. Faudrait peut-être aviser de ce côté-là pour le délassement du guerrier, non ? Quinze jours que je me mets la tringle ; il commence à avoir les amygdales enflées, l'Antonio.

Je lui téléphone en P.C.V. une œillade prometteuse. Elle voit briller le bout de mam'selle Bitoune dans mes prunelles et enregistre le fait sur son ordinateur afin de se programmer la cassette le cas échéant.

— Que comptez-vous faire ? demande Streiger.

— Aller en repérage selon vos indications. Quant à vous, inutile de trop traîner par le village : restez dans votre chambre et lisez les journaux allemands en m'attendant.

— Comme vous voudrez…

Je l'abandonne devant sa boutanche de vin du Rhin de couleur verdâtre.

— Si vous avez à parler, n'oubliez pas de prendre l'accent yankee, recommandé-je.

Il fait doux. La campagne étincelle. Ce bourg de Bärbach ne se rappelle plus la guerre qui, d'ailleurs, l'a épargné, les vieilles et opulentes demeures en témoignent.

Ça sent la confiture.

Je renifle délicatement. Pas d'erreur : la confiture de fraise. Une dadame est en train d'en confectionner dans le secteur.

Neuf coups bien timbrés tombent du clocher, là-bas. C'est justement à l'église que je me rends.

Les tas de fumier bien carrés ont l'air d'œuvres d'art. Les poules elles-mêmes n'osent en déranger l'ordonnance de leurs pattounes grattouillardes.

J'aime les clochers à bulbe. Ils dépaysent. Me font penser aux romans de Tolstoï. *Anna Karénine*, cette friponne, cousine germaine de la Bovary. Ces deux dadames avec leur petit cœur, leur petit cul : même combat ; même con bas ! Salopiotes aimables, feutrées. Fleurs d'alcôve un peu désenchantées. Mes petites frangines d'amour. Ce que j'aurais aimé les tringler à mort, leur faire minette, et les calcer à la duc d'Aumale ! J'ai plein de nostalges rentrées qui dérivent en poésie.

Un perron d'une dizaine de marches mène au porche. L'édifice est pimpant, baroque ; fait pour illustrer une boîte de chocolats ou une affiche des chemins de fer bavarois.

J'y pénètre non sans une certaine émotion. Se peut-il que je touche au but ?

Une chapelle latérale, consacrée à la Vierge, flamboie dans l'embrasement de cent cierges. Moi, les saint-sulpiceries me portent à l'âme, l'odeur des chandelles de même. Je raffole des fausses grottes miraculeuses avec jetées de roses blanches (ô ma jolie maman !), auréole lumineuse, doux sourire de plâtre de Marie. C'est si naïf et si tendre, si plein d'une candide ferveur... Imagination populaire créant un divin de carton-pâte ! Et Dieu, en sourdine qui s'amuse de ces hommages maladroits ! Attendri, je le sens, par la gaucherie de Ses créatures. Dévots ! Des vaux ! Des votes !

Merci, Seigneur, et toutes nos excuses !

Streiger m'a dit : « la chapelle de la Vierge », justement. Derrière l'autel du nord. Là que ça s'incurve. J'y vais voir. Les dalles sont moins creusées qu'ailleurs parce que préservées des piétinements. Il m'a précisé : la seule qui soit en demicercle because l'arrondi.

La voilà. Je m'agenouille, non pour dévotionner, mais pour examiner les joints et c'est vrai qu'en y regardant de près, ils ne sont pas exactement pareils que les autres, bien que plus de quarante piges aient passé. Ils sont un peu plus clairs et plus fournis, moins creusés par la ravine du temps.

Va falloir desceller. J'imagine le ciseau à froid, le marteau cognant dessus ! Ce boucan répercuté par les voûtes de l'église ! Même en coiffant de cuir la tête du ciseau, ça va donner un sacré récital. Pour comble, le presbytère est accolé à l'église.

Méditatif, l'endroit d'ailleurs s'y prête, je fais le

tour de l'église, les mains au dos. Et c'est presque en fin de parcours que je l'avise. Le spectacle est bouleversant. C'est une fille d'environ dix-huit ans, bien bâtie, blonde comme l'or, aux formes drues. Elle pleure, le visage dans ses mains. Ses longs cheveux ophéliens tombent de part et d'autre de ses bras. J'aperçois les menues éclaboussures que font ses larmes sur le sol. Le tableau est tellement captivant que je ne peux m'empêcher de l'approcher.

— Ça ne va pas, *Fräulein* ?

Je vois une crispation de tout son être. Et puis, au bout d'un instant, elle relève la tête et son visage baigné de pleurs m'apparaît, admirable et pathétique. Alors là, l'artiste, espère, l'Antonio voudrait pourfendre tous les dragons du monde, décrocher tous les astres du ciel pour lui en faire des lanternes japonaises.

— Je peux vous aider ? balbutiai-je en lui ponctuant ma question d'un regard qui ferait pisser d'émotion la reine d'Angleterre.

Elle négative du chef.

Ne m'avoue pas vaincu pour si peu. Moi, le côté : « Etranger qui n'êtes pas d'ici, passez votre chemin ! », c'est pas mon plat de spaghetti habituel. Il incruste, le commissaire. Quand son palpitant est fléché, il veut aller au bout des choses.

— Peut-être que vous seriez soulagée de parler à quelqu'un, *Fräulein*. Je ne suis pas d'ici, mais l'oreille de l'étranger est souvent plus attentive que celle du voisin.

Délibérément, je fais pirouetter un prie-Dieu et lui confie mon postérieur. Nous voici face à face, elle et moi. Sainte Marie, pleine de grâce : elle n'en manque pas non plus, la jouvencelle ! Ce qui frappe, c'est sa santé, si je puis dire. Elle est saine de haut en bas. Y a rien à jeter, c'est tout bon.

Moi, une gosse pareille, j'irais faire de la varappe dans la Beauce pour la conquérir ! Je ne peux m'empêcher de loucher sur les deux missiles pointés dans ma direction et que la peine fait frémir comme de l'eau commençant à bouillir.

Elle a des yeux bleu pervenche, la peau un tantisoit ambrée avec des pommettes rose praline. La bouche tellement comestible que je ne mangerais que ça pendant six mois, et sans moutarde !

La loyauté absolue dont tu me connais, me force à dire qu'elle a l'air un peu cruche, mais c'est le genre de cruche dans laquelle je me transvaserais tout ce qu'il y a d'extrêmement volontiers, si tu vois ce que je veux dire ?

Tu vois ?

Bon, alors t'es moins pomme que la rumeur publique ne me le laissait craindre.

— Allons, ravissante petite fille, qu'est-ce qui fait pleurer ces grands beaux yeux ? je lui loukoume à quarante centimètres Fahrenheit.

Elle renifle, les larmes courent sur leur aire. J'ai l'élégante idée de les lui tamponner à l'aide de ma pochette de soie. Ce geste galant, inattendu dans ce village de Bärbach, lui galope droit au cœur, avec déperdition dans le slip. Un merveilleux sourire, beau comme celui de la dame qui vient de découvrir Ariel après des années d'obscurantisme lessivaire.

— Ma grand-mère est en train de mourir, me dit-elle ; que tu croirais entendre le Petit Chaperon rouge, cette connasse qui a fait glouper sa grand-vioque par le loup, à force de propos inconsidérés.

Elle ajoute :

— Elle est ma seule famille.

— Je comprends, dis-je en toute sincérité, parce que moi, ces choses-là, hein, la famille c'est sacré !

Je demande :

— Quel âge a-t-elle ?

— Quatre-vingt-douze ans.

J'avance ma grosse patte de flic sur sa petite patte de pucelle en sursis.

— Dites-vous, ma chérie, que le Seigneur a été bon avec elle puisqu'Il lui a accordé une longévité que bien peu de gens connaissent.

Son regard lumineux s'offre au scintillement des cierges et tu la prendrais pour un ange, tant cela brille, tant cela est bleu, pur et tout le bordel !

Les femmes sont réalistes, même les plus idéalistes. Celle-ci m'objecte qu'eût-elle cent cinquante ans, grand-maman s'apprête à faire la valoche et que la séparation sera source de grand chagrin.

— Je sais, compatis-je. Et vous avez bien raison de venir demander à Dieu qu'Il accorde encore un peu de temps à cette digne femme. A compter du moment où l'on prend conscience que l'être cher va nous quitter, chaque seconde a un poids qu'elle n'avait pas auparavant. De quoi souffre grand-maman, en dehors de son grand âge ?

— Elle s'est cassé le col du fémur et il y a des complications cardiaques...

Le col du fémur !

Le Galibier n'est rien en comparaison. En a-t-il fait des ravages, celui-là !

— Le docteur est sceptique ?

— Il m'a dit que ce serait l'affaire de quelques jours.

— Alors, faites ce que je vous dis : savourez sa présence en vous préparant à son absence. Ah ! comme j'aimerais pouvoir vous aider ! Voulez-vous que j'aille avec vous la veiller ?

La propose m'est partie comme diarrhée fougueuse. Je cause d'abord, je pense ensuite. Y a décalage, comme le dessin et les couleurs sur les vieilles images.

Elle reste bouche bée (à la reine), ou coite, si t'aimes mieux, moi je m'en torchonne l'entre-deux.

Alors, l'Antonio, mettant à profit sa surprise, place sa botte de Nevers (celle qui précède la grande).

— Où demeurez-vous, petite âme ? Je passerai ce soir, après le dîner. Nous deviserons en veillant grand-mère.

Ebaubie, elle bavoche :

— La maison rose, derrière la poste.

Bon. Je me lève et remets le prie-Dieu en place. Jamais s'attarder après un début de victoire. Le coup se refroidit et t'as des gerces gambergeuses qui se ravisent. Je m'incline devant elle, génuflexionne en grande pompe dans la travée, me signe, contresigne tout ça bien lui prouver qu'elle a affaire à un authentique catholique romain pur fruit, baptisé, premier-communié, confirmé, tout bien : pas d'inquiétudes.

Et puis je me barre (à mine).

A propos, va falloir trouver le matériel pour desceller la dalle.

En attendant, allons nous la rincer.

Le teuton Streiger, il doit être en rade de dorme car il en concasse lorsque je reviens de Munich lesté d'un vrai barda. Il a du mal à se détoiler, bâille comme les godasses d'un clodo, et ses lanternes vénitiennes lui pendent sur les joues. J'avise une bouteille de schnaps presque vide sur sa table de nuit.

— Vous n'auriez pas un peu trop forcé sur la potion magique ? je lui demande.

Il hoche la tête en matière d'aveu. Le côté : oui, et alors ?

Alors rien. S'il économise pour se payer une cirrhose, c'est son affaire.

— Vous êtes doué pour le bricolage ? je questionne-t-il.

Ma question le déconcerte.

— Plus ou moins.

— Si ça pouvait être plus, ce serait parfait.

Je lui découvre mon fourbi déposé sur la table. Il se compose d'outils et de plaques en matière plastique blanche constellées de trous réguliers.

— Qu'est-ce que c'est que ça ?

— Des plaques servant à l'isolation sonore des cabines téléphoniques.

— Pour quoi faire ?

— Eh bien, une espèce de cabine, précisément que je poserai sur la dalle à desceller afin d'amortir le bruit de mes coups de marteau. Je ne disposerai que d'une nuit pour faire ce travail et il faudra que je cogne sans interruption. Le boulot consiste à construire une espèce de cloche carrée préfabriquée, facile à démonter et à remonter, d'un transport aisé. J'ai acheté des vis et des cornières, et puis des gonds ; tout un bazar...

— L'idée est bonne, approuve l'ancien nazi.
— Toujours, quand elle est de moi ! ricané-je.

Et on se file au charbon.

J'ai décidé d'opérer le lendemain soir, voulant mettre à profit la journée précédant mes travaux pour coltiner en loucedé une partie de mes plaques dans l'église. J'ai repéré une petite porte latérale donnant sur une venelle par où je pourrai transbahuter mes éléments sans attirer l'attention. Je planquerai mes panneaux derrière un confessionnal en attendant la noye.

Non, côté phosphore, j'ai pas besoin de sucer des allumettes : j'ai ma dose.

Streiger sue à grosses gouttes comme on écrit toujours dans les bons romans qui ne mangent pas de pain. Quand on sue, c'est toujours à grosses gouttes, t'auras noté. J'ai jamais vu un héros de bouquin suer à petites gouttes. Un romancier se risquerait à ça, les lecteurs se feraient rembourser. Donc, mon « client » sue à énormes gouttes comme une couenne de lard plantée sur les dents d'une scie carnassière.

— Ça ne va pas ? je lui questionne. Une crise de paludisme ? Vous avez fait un peu d'Afrika Korps avant de gestaper ?

— C'est mes pressentiments, hoquette-t-il.

— Vos pressentiments ?

— Par instants, l'angoisse m'étreint. Tenez, j'ai eu une crise le matin de mon enlèvement. Et voilà que ça me reprend. C'est de me retrouver dans mon village natal. Une folie !

Il s'éponge et se verse un alcool de pruneaux qui

n'arrangera pas son problème. Ses dents claquent que tu te croirais dans une boîte de nuit andalouse.

Je renouche ma tocante : huit plombes.

— Voulez-vous gober un petit somnifère léger ?

— Vous croyez ?

— Qui dort dîne et qui dort oublie. Tenez, j'ai là dans ma trousse de toilette de quoi trucider les nuits blanches...

Il hésite, me regarde d'un œil suspidouteux.

— Croyez-vous que je veuille vous empoisonner ? lui demandé-je. Je ne vous force pas. Et si nous avions souhaité vous faire disparaître, nous aurions eu de meilleurs endroits que cette honorable auberge, pour mettre le projet à exécution.

— Donnez ! se décide-t-il.

Je vais lui chercher un comprimé de Dormitoire 15.

— La moitié suffira, préviens-je.

— Et vous ? s'inquiète Streiger.

— Moi, je dors du sommeil du juste, mon cher, ayant une conscience d'angelot.

— Vous sortez ?

— Une petite promenade vespérale vaut toutes les tasses de tilleul.

— Ne me laissez pas !

— Un comble ! Le prisonnier qui requiert la présence de son geôlier !

— J'ai peur.

— Du noir ? En ce cas laissez la lumière éclairée.

— J'ai peur de ce village.

— Rien n'est plus serein au monde que ce coin de Bavière, *Herr* Streiger ; il ne s'y est produit qu'un incident malheureux : votre naissance.

— Vous me haïssez, n'est-ce pas ? questionne mon compagnon d'équipée.

— Non, la haine est au-dessus de mes moyens : je vous méprise seulement, pardonnez-moi de vous le dire.

Je le quitte.

Dehors, ça sent le soir qui tombe, les rosiers grimpants, l'étable...

Je me dirige à pas comptés vers la maisonnette au crépi rose, engoncée dans un renfoncement, derrière le petit bureau de poste.

Une lumière blonde éclaire les carreaux. Quelque part, dans une zone ombreuse, une chatte qui se fait tringler de première par un matou en délire pousse des cris d'hôtel de passe pour félins.

La gentille *Gretchen* blonde devait guetter ma venue car la porte s'écarte alors que j'en suis à plus de deux mètres.

Je sais pas si c'est une coutume du bled, mais elle s'est loquée en costume national, ou pour le moins folklorique : jupe noire plissée, très ample, corsage blanc à manches bouffantes, menu tablier bleu bordé de dentelle, bas noirs, souliers noirs à boucles. Elle me porte au sang cinq sur cinq, la mignonnette !

Elle s'efface pour me laisser entrer. Le logis est meublé ancien, très propre. Y a du parquet grinçant, des rideaux à menus carreaux, tout plein de plantes dans des cache-pots de cuivre. Tu t'imaginerais dans une serre. J'avise même l'inévitable rouet dans un coin du salon. Cette pièce n'est éclairée que d'un lumignon, ce qui rend l'atmosphère archidouillette et un brin mystérieuse.

Je défrime la jouvencelle, me demandant si elle

me reçoit en grande naïveté (ce que je suis enclin à croire), ou si elle est du genre ingénue perverse (ce qui ne me déplairait pas outre mesure). L'innocence, cousine germaine de la sottise, paraît guider ses mouvements. Gracieuse et gauche. Ardente et sage. J'adore les contradictions.

— Comment va mémé ?

— Très mal ; je crois qu'elle ne me reconnaît plus.

Elle hésite, murmure timidement :

— Vous voulez la voir ?

Moi, ce que j'en ai à maquiller de la moribonde, hein ? Je te laisse le soin d'apprécier l'à quel point elle m'est indispensable, grand-maman. Pourtant, comme la pauvrette semble tenir à ce que je la *look* et aussi parce que j'ai le respect de toutes les mamies du monde, je réponds que comment-donc-suis-je-t'il-pas-là-pour-ça ?

Alors on grimpe au premier. La maison n'a que deux chambres, assez vastes toutefois. On pénètre dans la plus proche de l'escadrin, dont la lourde est restée ouverte. La respiration rauque, brève et saccadée de l'aïeule ne trompe pas : cette chère vieillarde ne deviendra jamais centenaire. C'est du peu au jus, crois-moi.

Ma gentille hôtesse saisit ma main et m'entraîne vers le vaste lit, très haut sur pattes et encore sommé d'une couette dodue qui ressemble à un ballon dirigeable presque dégonflé.

La lampe de chevet répand sur la moribonde une clarté ocrée, atténuée par un journal plié en quatre et fixé à l'abat-jour avec une pince à linge.

Vision classique, pénible et malgré tout sereine.

Masque décharné par la souffrance. Joues, narines et orbites creuses ; teint plombé ; paupières baissées qui ne laissent filtrer qu'un mince trait blanc. Deux bras décharnés sont allongés sur la couette et les mains qui les terminent paraissent de cire.

La gosse se fout à chialer.

Moi, tu me sais ?

Chevalier vertueux, je la saisis à l'épaule, la pressant contre ma pomme.

— Il ne faut pas, ma petite chérie... Voyez, elle ne souffre pas. Elle est calme. Quand on est très vieux, on ressent une si grande fatigue qu'on considère la mort comme un repos mérité et qu'elle vous fait envie...

— Grossmama, qu'elle susurre, la chère âme. Oh ! Grossmama !

Les larmes...

Je les essuie de ma main libre, du bout des doigts. Je suis ému, je bande. C'est un beau moment en Vistavision, couleurs naturelles ; bravo Gevacolor !

— Ne pleurez pas, adorable petite fille !

En plein conte de Pet-rôt, je te dis ! *Le Maître de Forges !* Ohnet soit qui mal y pense !

Je risque un baiser, juste un brimborion sur la nuque. Elle réagit pas. Alors, bon, un deuxième, au coin des lèvres. Ça joue ? Accepté ? Banco !

Tiens ce petit début de galoche, *mein Puppe.* Hmmm, comme ta bouche est fraîche, parfumée ! T'es à la framboise ou aux myrtilles, dis, petite biche ? Les sanglots secouent sa poitrine. Pourvu qu'elle se décroche pas un poumon, cette adorable ! Vite je lui sustente le bustier. Ça tient ? D'ac ! En moins que moins que rien, la chaleur de son corps se répand dans toute ma main : sublime, ça vaut un poil à ma zoute.

Alors, une demi-pirouette pour l'avoir face à moi ! Ses grands yeux éperdus brillent dans la pénombre, immenses, confiants, admiratifs. C'est providentiel, si tu réfléchis, que je l'assiste en cet instant pénible, la doucette ! Tu l'imagines, seulabre, sur les rives du lit d'agonie, surveillant les râles de la chère vieille femme ? Comme quoi le Seigneur est bienveillant dans les moindres détails. Qu'Il lui eût dicté de se rendre à l'église pile au moment où j'y traînais mes couilles, c'est une preuve, non ?

— Ma chérie, je soupire, ô ma tendresse, comme je voudrais pouvoir vous aider !

Je plaque mes lèvres sur les siennes, j'incise, faufile. Elle laisse filocher. Les sens, on n'a rien découvert de mieux depuis l'invention des sexes.

Sans réfléchir, elle se colle à moi ; me mollusque le soubassement. Tu sais qu'elle me ferait perdre la tronche si je m'écoutais pas !

Heureusement je m'écoute.

Et même, je m'écoute trop.

Parce que je me dis de ces choses ! Non, mais vrai : de ces choses qui te feraient dresser les poils occultes sur la tête si t'étais pas chauve !

L'essentiel de ce que je me dis c'est que j'ai une de ces tringlettes, mon pauvre ami, qui pourrait servir d'épée à Roland, pour remplacer la sienne, brisée à Roncevaux (province de Pampelune).

Ça hallebarde dans mon kangourou, ya yaïe ! J'ai la hampe de l'écrivain !

Mon baiser se fait plus total, explorateur intraitable, pas une molaire qui échappe à l'inspection de ma fureteuse agile.

Elle a besoin de fuir son chagrin, cette fille. Instinct de conservation, comprends-tu ? Lui faut de la diversion. Pourquoi la lui refuserais-je ? Je te le demande en mille ?

De plus, son costume bavarois m'exaspère le tactile. Ces plis lourds sous mes doigts légers, merde !

J'expédie une mano en mission spéciale. Ordre impératif : reconnaître le terrain et rabattre fissa au rapport. Ma dextre exécute l'ordre avec célérité. Elle ramène des renseignements de première importance : Mam'zelle porte des vrais bas allemands, avec des jarretelles de même nationalité. Par contre, le slip devrait être *made in France* à en juger par son arachnéenité. Il oppose une résistance purement symbolique. Moi, je tombe à genoux : pas pour une action de grâces, mais pour jouer au photographe 1900. Vlouf ! La tronche par-dessous le rideau de scène. La v'là enceinte de ma tronche, Fifille. Je la décarpille de sa menue et babiolique culotte. Elle cambre à bloc pour aider la manœuvre. Alors c'est la *big* régalade, la gloutonnerie féroce. Je batifole des lèvres et de la langue dans du soyeux. Ses menottes prennent appui sur mes épaules. Sous sa juperie, j'entends plus la râlanche à Mamie. Je déguste en toute quiétude. La petite titube sous l'effet de l'émoi et moi sous les fesses.

Poème. Pouème ! Le terrain est aménagé. Je vais pas prolonger cette séance spéléologique. Je suis l'homme qui aime travailler en rase cambrousse. Je dégage mon terrier, me redresse et lui fais le coup du pébroque retourné. Poum ! La peau de lapin ! Dépiautée, la jolie ! La jupe et le tablier retroussés jusqu'au menton !

Ce qui se révèle est sublime ! Non, messieurs de la presse, pas de photos ! J'ai accordé l'exclusivité à *Lui* pour sa double page centrale.

Et le plus grandiose, c'est qu'elle chiale toujours, Gretta. Chagrin et pâmoison mêlés ! Un velours ! Un miel ! Messire l'Antoine il a la peau du bénouze tellement tendue qu'il va falloir découper au rasoir pour extraire le camarade Joufflu de sa caserne Rasurel.

Que faire, maintenant ?

L'emporter jusqu'à sa chambre ? Que non point : cela risquerait de rompre le charme. C'est fragile, ces petits animaux ! Un rien les met en fuite. Va falloir s'organiser sur place. Je périscope dans la chambre. Rendons-nous à l'évidence : y a que le lit de grand-*mother* à dispose. En travers. On fera gaffe de pas y écraser les nougats, la chère dame. Sana soulève sa douce, son innocente proie, comme écrivait mon camarade Lafontaine à son ami Wallace. La dépose sur le plumzingue, toute troussée. Si belle, rose et douce, authentiquement blonde. Chanson des blés d'or qui dort dîne, Blédine...

Ses cannes en « V » pendent dans le vide. Si tu verrais, avec ses bas blancs, les jarretelles, le tablier de sapeur... Encore une gloupette lubrifiante. On est près du Tyrol, oublions pas. Blll lala itou... La petite *Blümchen* roucoule comme un élevage de tourterelles napolitaines. Ah ! la douce chanson.

J'arrive pas à repaître en plein. C'est trop bon,

trop *gut*, trop *good!* Faut prolonger, tirer sur l'instant pour en faire un début d'éternité.

Elle oublie son malheur, Marlène. L'effet ressenti est trop formide pour qu'il lui reste un coin où misérer. C'est le don total, franc et massif !

Le commissaire en disponibilité opère son dégagement de missile. Va falloir placer l'engin sur sa rampe de lancement, y aller mollo pour la mise à feu. Un réacteur qui découille et le vol interstellaire est annulé.

Je chemine piano. Le chauve à col roulé y va sur la pointe des pieds. Il se renseigne avant de forfanter. S'agit pas de commettre d'impair !

Et comme il a raison, l'Antoine, de pratiquer dans le suave. Elle est berlinguée, miss Gretchen ! Bel et bien. C'est un vrai don de soi, qu'elle opère présentement. *The big* sacrifice. Pour lors, je suis pris de scrupules géants. Dois-je la priver de son cachet de garantie faisant foi, ou bien lui ouvrir les voies de la régalade ?

Cas de conscience, mon pote !

Je réfléchis de mon mieux, malgré ma formide bandaison. Je me dis, in extenso et dans le texte, les choses ci-dessous, deux points ouvrez les guillemets : « Cette jouvencelle, tu ne la reverras jamais. Tu vas lui filer une mesure pour rien dans les baguettes. Demain elle se retrouvera seule au monde, avec même plus de pucelage à négocier. Et toi, grand dégueulasse, tu iras forniquer sous d'autres ciels de lit ! Oui, mais, si tu la laisses ainsi, qui donc profitera de cet incomparable trésor ? Un Chleuh à la con, empoté et brutal, qui la déverrouillera d'un coup de boutoir ! Y a un Panzer qui sommeille dans la braguette de chaque Teuton, n'oublie pas, Tonio. Dans le fond, c'est une fleur que tu lui fais en acceptant la sienne. Alors, faut y aller et la réussir complètement, la poulette. Que cette première fois la prépare aux autres. Qu'elle en conserve un merveilleux souvenir. Alors là, t'agis en homme intègre, Santonio. Tu honores la race humaine.

Mon siège est fait.

Sur le sien.

Qu'aussitôt décidé, c'est parti, son kiki.

Question de temps. Un braque pareil, dis, ça s'offre pas comme un bouquet de violettes à une vraie demoiselle. J'y passerai la nuit s'il le faut, mais ce sera positif.

Ce boulot, mon Toto !

Quelle délicatesse !

Ah ! il bannit la force, le beau commissaire.

Tu sais combien de temps ça lui prend, l'opé Peau de Tambour ?

Deux heures douze.

La technique, mon vieux ; la technique. Et bien garder présent l'objectif, qui est de travailler sans douleur. Je vais pas me lancer dans la démonstration complète, ça serait un autre bouquin ; sache seulement que cent fois sur le métier je remets mon ouvrage. Minouchette, doigt de cour, reconnaissance du parcours. Et on recommence. L'un prépare à l'autre. Bientôt le médius part en visite avec son pote l'annulaire. Et puis c'est le grand air de *Valses de Vienne*. La petite est transportée ! Elle volplane dans des bonheurs dont la rosée sert mes desseins (animés).

Deux heures douze !

Et c'est l'aboutissement à un moment que

j'espérais plus. D'un seul coup, après tant d'efforts, le terrain cède. Nous v'là chez nous, mon p'tit gars !

Là, se retenir de brusquer. Pas de fougue ! La laisser opérer selon ses vœux. A elle de conduire l'enquéquette. Elle sait mieux que moi.

On accède enfin au bonheur.

Pas un bonheur sans mélange comme cause M. Robbe-Grillet, non, un bonheur avec mélange pour moteur deux-temps.

L'enchantement infini.

La secousse suprême.

Mentalement, j'entonne la *Marseillaise*.

CHAPITRE V

Moi, d'emblée, je m'en aperçois bien qu'elle est morte, mémé.

Elle ne respire plus, ce qui est un signe infaillible, t'admettras, et elle garde la clape ouverte ; bien ronde comme un trou de billard japonais. Va falloir lui cloquer une mentonnière.

Pour l'heure, ma gosseline se fourbit le trésor dans la salle de bains. Elle fredonne, heureuse. La voilà femme ! Tous mes compliments ! Un fade pareil, la première fois, c'est rarissime et ça dénote une nature d'élite. A présent qu'elle sait ce que c'est qu'un vrai coup de bite, elle supportera jamais les demi-porcifs, les moudus, les malzobés, les éjaculateurs précoces. Lui faudra constamment du braque surchoix. Elle en cherchera jusqu'à ce qu'elle en trouve. Je viens de faire quelque chose d'important pour elle : je l'ai révélée dès le début. Elle est partie du bon pied, si je peux me permettre.

T'as tellement de pauv' femmes qui se laissent astiquer par un minus et qui croient ensuite que c'est ça, l'amour, cette petzouillance affligeante. Elles sont bannies de tringle jusqu'au jour où se présente un authentique jouteur. Le méchant chibreur monté en force, bourré de savantes initiatives, de superbes combinaisons, qui t'implique toute, bien complètement, sans te laisser une parcelle inactive.

Je tire le drap sur la frite à la vieillarde clamsée et vais me défrivoliser coquette.

La môme est encore sous le charme. Te me langoure une pelle mécanique qui me glitouille la luette.

— Quel est ton nom, mon ange ? je me risque, un peu tardivement sans doute, mais il n'y a pas d'heure pour les braves.

— Heidi !

Comme dans les *schönen* contes de fées germaniques.

— Tu travailles ?

— A la poste.

— Tu as des amoureux ?

Elle rougit. Après ce qui vient de se passer entre nous, c'est vraiment de la confusion mal placée.

— Je n'aime pas les garçons d'ici : ils sont bêtes.

— Que comptes-tu faire, après la mort de grand-maman ?

Elle hoche la tête.

— Je ne sais pas. J'irai peut-être chercher du travail à Munich.

— Tu n'as pas de famille ?

— Mes parents sont morts dans un accident d'avion quand j'étais toute petite.

— Personne, à part eux ?

Elle hésite.

— Non. Je ne pense pas... En tout cas je ne connais personne.

Elle a une poitrine superbe, des yeux candides, la bouche sensuelle ; bref, tout pour réussir dans l'existence.

— Tu as raison d'aller à Munich. Tu pars quand ?

— Quand grand-mère...

Ce serait peut-être le moment de l'affranchir.

— Tu sais, ma chérie, la grand-maman, elle a profité de ce que nous nous aimions pour s'en aller...

Elle ne pige pas tout de suite. Et puis la voilà qui fonce dans la chambre. Ayant rabattu le drap, elle vérifie que je dis vrai.

Elle a des larmes et des plaintes, naturellement, mais ma présence la dope. Je la tiens serrée contre mon flanc, Heidi, d'une main ferme. Lui mordille doucement le lobe.

On traverse une période assez confuse ; et puis les réalités s'imposent.

— Il faut l'habiller ! balbutie-t-elle.

— Quelle idée ? Elle est bien ainsi, dans sa chemise de nuit. Je trouve atroce cette marotte de passer aux morts leurs habits du dimanche. S'habille-t-on pour aller se coucher ?

Je n'ai pas de mal à la persuader. On ne s'en ressent pas à outrance pour jouer à la poupée avec ce vieux cadavre.

— C'est horrible, on faisait « ça » pendant qu'elle mourait, dit la mignonne.

— Quel plus bel hommage pouvais-tu lui rendre, ma jolie ? Tu es devenue femme dans le lit où elle quittait la vie. Si elle te voit, de là-haut, elle doit être heureuse pour toi.

— Vous croyez ?

— J'en suis certain, certifié-je avec une véhémence qui la convainc.

— Je devrais prévenir les voisines ?

— Elles feront quoi ? Des parlotes et des jérémiades autour de son lit. Laisse-les dormir, tu les avertiras sur le matin, ce sera bien assez tôt.

Le plus curieux, c'est que tout ça n'est pas triste. Cela s'appelle la mort, mais ça manque de solennité. Pas de dramaturgie. Mémé a pris le large sans esbroufe, sans un soupir.

Je lui verrouille la clape pour pas qu'elle ressemble à un gobe-mouches. Ses traits, maintenant, sont détendus.

— Elle paraît enfin apaisée, remarque Heidi.

— Elle a beaucoup souffert ?

— Moralement, oui. Elle a eu un drame dans sa vie. Son fils aîné avait des activités nazies pendant la guerre, et au moment de la défaite, il a disparu. Elle n'a jamais plus eu de ses nouvelles.

Pour lors, c'est moi qui me mets à ouvrir grand le bec, espère ! La stupeur me tire un de ces crochets au plexus qui me prive d'air. Heureusement, elle ne s'en aperçoit pas.

— Moi, je répétais à grand-mère qu'il devait être mort, mais elle s'obstinait à le croire vivant. Elle me disait : « Je le sens. » S'il l'avait été, il aurait donné de ses nouvelles depuis tout ce temps, vous ne croyez pas ?

Je ne réponds pas. Fumier de Streiger ! Il est à trois cents mètres d'ici, en train de roupiller. Sa mère vivait encore, il y a quelques minutes. S'il avait eu pour deux sous de cœur et trois sous de couilles, il aurait pu lui assurer une mort merveilleuse. Elle serait partie dans ses bras. Ah ! le triste salaud ! Le sombre couard !

Je regarde la pauvre morte, si menue au sein de son trépas, et des larmes me montent. On était là, tout près, Streiger et moi. A quelques pas... Elle mourait en l'espérant. Elle « sentait » qu'il existait toujours quelque part, dans un coin du monde. Sa viande de maman la prévenait de la chose... Et lui, le rat malade, terrorisé, restait planqué dans son trou surchauffé.

— Des gens ont dû draguer dans le secteur pour tenter d'avoir de ses nouvelles, au tonton, non ? Les Israéliens sont tenaces...

— Je ne sais pas.

Un peu paumée, Mam'zelle Gretchen quand on débat de choses pareilles. C'est pas le genre de futée qui retapisserait des gens suspects, à moins qu'ils ne fassent exprès de se faire repérer en se déguisant en espions d'opérette, ce qui n'est pas le cas du Shin Beth ou autre organisation de ce genre... La meilleure preuve de sa totale innocence, c'est que, pas un instant, elle n'a été surprise par la soudaineté de nos relations. Un « bel » étranger la console, lui rend visite, déboule dans sa culotte et elle trouve la chose tip-top. *No* problème ! C'est une nature fastoche, la sœur. Un cœur simple. Note qu'en l'occurrence, je suis entré dans sa petite vie juste pour faire une fleur à Popol, lequel commençait de morfondre un brin, avec les combines du Big Between.

— Ne restons pas ici, ma chérie... Allons dans votre chambre.

Car je ne peux décemment la larguer dans de telles conditions. Un coup de brosse : son premier ! Et je l'abandonnerais en compagnie d'une morte ? Dis, tu le connais, Sana, mon drôle ? Un gentleman ! Chevaleresque jusqu'au bout de la bitoune, l'apôtre !

— Mais, on ne la veille pas ?

— Si, mais depuis une autre pièce.

— Bon.

Elle me fait traverser le couloir. En face, c'est la chambrette minuscule, grande comme deux cabines téléphoniques. Tapissée de cretonne rose. Jolies fleurettes aux pétales délicats. Un lit de cuivre à une place, un placard, une chaise de paille. Sur les murs, la photo d'un couple. Heidi ressemble à la femme ; l'homme du cliché ressemble à Guillaume II sans ses moustaches en cornes de taureau. Il y a encore un diplôme écrit en gothique, et des posters pieux. Ça sent bon l'eau de Cologne à la lavande.

— Prenez la chaise ! propose la jeune fille.

Elle va s'asseoir sur le lit. Elle est un peu dolente. Indécise. Chavirée par la forte tringlée et aussi par le chagrin qui a suivi. C'est dur de perdre simultanément son pucelage et sa grand-mère.

Elle a toujours son costar bavarois, passablement chiffonné, ses bas blancs. De regarder ce tableau champêtre, ça me met des idées de rebelote dans la cage à zob. Tu paries que je lui refais une petite lune de miel express, Heidi ? En prenant son temps. Calmos ! Sans hussarderie. L'embroque discrète. Un coup de lime comme par inadvertance. Excusez, je passais, j'ai vu un cul, je suis entré...

Alors je me lève, m'assieds contre elle, l'enlace.

— Oh ! non ! Oh ! non, fait-elle en pigeant mon dessein, ce ne serait pas bien.

Elle est truffée de préjugés, cette gosse. Faut vraiment la mettre au goût du jour.

Il est quatre plombes quand je regagne l'auberge fleurie. J'ai les cannes en forme de « X ». Ça trembille dans mes fondations.

Je me déplace le plus doucement que je peux, pour éviter de faire pleurer le parquet. Inutile de rameuter la taule.

Parvenu devant la porte de ma chambre, je tique car un rai de lumière filtre par-dessous. Je suis bien certain de ne pas avoir laissé de loupiotes allumées. Streiger qui est venu m'attendre ?

J'ouvre d'un geste brusque.

Et alors, oh ! pardon ! Attention les yeux !

Je m'attendais plus.

Je déguste à pleines rétines. Ça me déborde par-dessus les paupières. J'en ai tout le cervelet surexposé !

Trop, c'est trop !

Carson, la fille de Duck !

Carson, la fabuleuse fille brune aux yeux verts, ou mauves, ou j'sais plus, tu deviens daltonien, pire que les Dalton dans ces cas si salauds (1).

1. *Jeu de mots, risqué pour la première fois par un chansonnier en 1933, mais mal compris du public parce que d'avant-garde et auquel je redonne sa chance en comptant sur l'évolution des mœurs.*

San-A.

Elle porte un tailleur Chanel de couleur pain cramé, un corsage tête-de-frère de couleur. Ses boucles d'oreilles sortent de chez Cartier, ses escarpins de chez Chose, le bottier de l'élite.

Carson est assise dans un fauteuil bas, garni de coussins à fleurs. Elle tient ses superbes jambes croisées et lit un gros *book* amerloque intitulé : *Du développement du microprocesseur au Ruanda ;* car c'est une personne d'une vaste culture et que tu ne prendras jamais en flagrant délit de lecture à la gomme, genre Yourcenar ou Francis Ponge.

Cette fille, dès notre première rencontre, j'ai eu les glandes asséchées par elle comme par une explosion anatomique. C'est pile le genre de créature qui te cause un blocage instantané des issues.

J'ai essayé de lui interpréter *Laissez-moi vous aimer*, mais je me suis ramassé un bide noir. Elle ne m'accorde pas plus d'attention qu'à cet étron de chien en faction sur ton trottoir.

Je relourde doucement.

— Agréable surprise, dis-je.

Carson consulte sa montre panthère brodée de brillants.

— Il est quatre heures vingt, annonce-t-elle.

Pour me donner une contenance, je mate la mienne.

— Vingt-deux, heure suisse, la vraie ! dis-je plutôt niaisement ; mais quoi, être Einstein vingt-quatre plombes sur vingt-quatre, dis, merci bien, tu surchauffes de la coiffe !

— D'où venez-vous ? questionne l'arrivante.

— Est-il indispensable que vous le sachiez ou puis-je considérer que je possède encore une vie dite privée ?

Elle ne répond pas. Son expression reste hostile.

— Où en êtes-vous de l'opération ?

— Le repérage a été effectué, de même que les préparatifs et nous opérerons la nuit prochaine.

— Où se trouve Streiger ?

— Dans sa chambre.

— Non.

C'est sec comme une branche de bois mort brisée.

Dérouté, j'observe une minute de silence avant de murmurer :

— Vous avez été regarder ?

— Oui. La pièce est vide.

— J'y vais !

Effectivement, la piaule du nazi est déserte.

Au premier ras bord, je constate que son lit est défait.

Deuxième constatation, ses chaussures, ses chaussettes, sa chemise et son veston sont restés au pied du plumard.

Troisième constatation, la porte-fenêtre donnant sur le long balcon de bois ouvragé qui barre toute la façade de l'auberge est entrouverte et bat à petits coups au gré du vent nocturne.

J'écarte les vantaux et m'engage sur le balcon. La chambre de Streiger donne sur l'extrémité sud de celui-ci. J'examine la balustrade de sapin teinté.

Quelques brins de laine jaune sont accrochés à des échardes de bois. Ils proviennent du pull de mon compagnon d'hostellerie. En étudiant plus attentivement la rambarde, je décèle des éraflures blanches, produites par les montants d'une échelle à en juger d'après leur écartement.

Vite fait, je repasse par la chambre du disparu et

ressors de l'établissement. Quelque part, non loin d'ici, un chien teuton aboie avec l'accent bavarois. J'examine le sol sous le balcon. Pas d'erreur, on y a bel et bien dressé une échelle. Quelques gouttes de sang étoilent la bordure de brique des massifs.

Je contourne la baraque. Du côté des communs, là où s'étend le parking de l'auberge, se dressent d'anciennes écuries. Il ne me faut pas longtemps pour repérer l'échelle ayant servi à l'enlèvement de Streiger. Sur ses montants, je recueille d'autres brins de laine jaune.

Penaud, je retourne à ma chambre. Carson n'a pas changé de position et continue de lire.

— On l'a enlevé, admets-je.

— N'est-ce pas ?

Il y a du mépris dans sa réplique. Comment s'arrange-t-elle pour rester si belle à cinq heures du matin ?

— A quelle heure êtes-vous arrivée, miss Carson ?

— Dix heures du soir.

— Qu'avez-vous fait ?

— Je me suis annoncée à la réception et l'on m'a conduite à ma chambre, laquelle se trouve au deuxième étage. J'ai défait ma valise et je suis descendue à votre chambre. Comme vous étiez absent, je me suis fait servir un petit en-cas dans la mienne, car je n'avais pas eu le temps de dîner. Une heure plus tard, je suis revenue ici. J'avais pris un livre pour tromper le temps, au cas où votre absence se prolongerait ; ce qui a été le cas.

A nouveau, sa voix dérape dans du mépris mal contenu. Cette frangine, je vais t'informer : elle ne peut pas me souder. Peut-être qu'elle est francophobe, après tout ? Ou bien désapprouve-t-elle son vieux de m'avoir choisi pour successeur éventuel ? Elle me trouve trop « léger » pour diriger un jour le B.B. Un peu gommeux, l'Antonio, pour son goût. Fier-à-bras, quoi ! Cocardier ! Coq hardi ! Coq hardeur ! Cette foutue idée, nous autres, de prendre un volatile pour emblème. Un animal qui passe son temps à trousser des poules à la va-vite et à s'égosiller sur un tas de fumier !

Je reste le plus hermétique possible. D'accord, j'ai un monstre béguin pour elle, mais faut pas trop qu'elle danse la *Mort du cygne* sur ma prostate. Même les souris pour qui je m'en ressens ont le devoir de me respecter !

— Quand êtes-vous allée dans l'appartement de Streiger ?

— Vers minuit trente.

— Qu'est-ce qui a motivé cette visite ?

— Une certaine inquiétude. Plutôt un fâcheux pressentiment.

— Dû à quoi ?

— Disons, à mon instinct de femme.

Elle me considère brièvement, sans plaisir. Son regard me paraît très sombre.

— Bien, enchaîné-je. Streiger a été embarqué avant minuit trente. L'auberge fermant à onze heures dans ce bled perdu, on doit en conclure qu'il a été kidnappé entre onze heures, instant de la fermeture, et onze heures trente, moment où vous êtes venue dans cette pièce. Si la chose s'était opérée plus tard, vous auriez entendu, puisque les deux chambres sont contiguës.

— Probablement.

— Quelqu'un se sera introduit dans l'auberge

par l'entrée normale, sera allé rendre visite à Streiger, l'aura neutralisé, puis aura ouvert la porte-fenêtre à des complices chargés de l'évacuer par le balcon.

— A moins qu'il n'ait dormi avec la porte-fenêtre ouverte !

Je ricane.

— Lui ! Il est chiasseux comme un cul de vache ! De plus, ce soir, j'ai dû lui administrer un somnifère tant il se sentait angoissé.

— Vous voyez que les pressentiments ça existe.

— Je le savais avant ce soir.

Elle a enfin fermé son putain de livre et décroisé ses jambes affolantes. Je marche de long en large. Tout en soliloquant :

— Il dormait sans pyjama, avec son slip et son tricot de corps. On l'a obligé à passer son pantalon et son pull et on l'a embarqué nu-pieds pour qu'il ne fasse pas de bruit...

— Probablement.

Je me plante devant elle. Dedieu de Zeus, quelles jambes ! Quand tu penses que certaines gonzesses font de l'éléphantiasis ! Le Créateur a ses chouchous, tu m'empêcheras jamais de le croire !

Ah ! tomber à genoux devant elle, poser mon menton dans le creux de sa jupe et puis... Et puis tout, quoi ! J'ai eu beau filer une ramonée sublime à la petite Heidi, et sans me poser en surhomme, je t'assure qu'il me resterait de beaux restes. Des restes dont tu ferais tes choux gras, petite salope !

— C'est sa mère qui est cause de tout, dis-je, me parlant à moi-même, en toute intimité et franchise.

Là, je l'intéresse Carson.

— C'est-à-dire ?

— C'est-à-dire que, depuis 45, elle devait être surveillée. Ceux qui traquaient Streiger lui accordaient plus de cœur qu'il n'en avait et se disaient que, tôt ou tard, il viendrait embrasser sa vieille. C'était mal le connaître. La maman est morte cette nuit. Quand elle a été au plus mal, ceux qui la guettaient ont prévenu les Israéliens. Et voilà que, sans rien savoir, nous débarquons dans son village, Streiger et moi. Coïncidence ! Lui, il la croyait clamsée depuis lulure, la mamie. Mais non, elle avait tenu le choc. En l'amenant ici, nous l'avons fourré dans la gueule du loup. Incroyable mais vrai. Marrant, la vie, non ?

Elle ne répond rien.

— Comment savez-vous que sa mère est morte cette nuit ?

— Je me trouvais à son chevet.

— Pourquoi ?

Bonne question à cent points. Tu veux répondre quoi ?

— Convenance personnelle ! lâché-je.

— Vous n'avez pas songé plus rapidement que l'agonie de sa mère mettait Streiger en danger ?

— Non, j'y pense seulement maintenant, que voulez-vous, miss Carson, les plus beaux esprits ont des ratés !

Elle hoche la tête.

— Peu importe, après tout, puisque nous savons où se trouve ce que nous recherchons. Il s'agit de le récupérer rapidement.

— Impossible avant la nuit prochaine. Vous me voyez faisant des travaux dans l'église en plein jour ?

Elle réfléchit.

— Très bien, je vais prendre un peu de repos.

Elle se lève. Ne jamais perdre cette occase de s'offrir un jeton, les mecs. Quand une belle nunuche est assise bas, le moment où elle se refout à la verticale l'oblige immanquablement d'ouvrir les jambes pour assurer son petit rétablissement.

J'ai eu le temps de me placer dans le bon axe. Et, ô merveille ! ce que j'aperçois me galvanise. Il m'en vient des picotis plein ma partie australe.

— Vous allez dormir également ? demanda-t-elle.

— Non, je vais faire un brin d'enquête.

— Dans quel but ?

— Quelque chose me dit que l'un des hommes qui ont enlevé Streiger habite l'auberge ; fatalement, pour que tout s'opère dans les meilleures conditions.

— Et alors ?

— Ça m'intéresse.

— Vous risquez de compromettre la suite des opérations.

— Quelle idée ? Les gens qui en avaient après l'ancien tortionnaire ignorent l'histoire des documents Bruckner.

— Qu'en savez-vous ?

— Je le sens.

— Dommage que vos pressentiments suivent les événements au lieu de les précéder, dit-elle en gagnant le couloir.

— Quel est le numéro de votre chambre, miss Carson ?

— Pourquoi ?

— Il se pourrait que j'aie quelque chose à vous dire.

Très fortement, j'ajoute in petto : (Et à vous faire, donc !)

— Le 28.

La voilà esbignée. Tout devient sombre malgré l'aurore qui pointe (d'asperge). Un seul être vous manque et tout est dépeuplé, comme disait Hitler.

Je dévale jusqu'au rez-de-chaussette. Sous l'escalier monumental se tient la réception, ce qui est classique. Un grand bureau en bois peint, un tableau pour les clés. Personne n'est encore levé. Ici, ça se passe à la *good* franquette. Le gros livre des entrées est sagement posé sur le meuble. Je l'empare pour le feuilleter en commençant par la fin (l'arrivée de Carson) et en remontant. Très rapidement, je constate que nous sommes dix pensionnaires dans l'auberge de Bärbach en ce moment. Parmi lesquels une famille de Hambourg composée du père, de la mère et de leurs deux bambins. Ces quatre personnes sont à éliminer. Retirons également Carson, Streiger et Bibi, reste trois clients à « éplucher ». Deux hommes et une femme. L'un des deux mâles, Otto Werther, est professeur en retraite de la faculté de sciences eco de Munich. Le second est représentant de commerce et démarche pour un importateur de vins français, il se nomme Freddy Wolks. La dame est inscrite dans le *big book* comme étant artiste peintre. Elle s'appelle Virginia Salski.

Après un moment de réflexion, je prends place dans l'un des fauteuils de cuir de l'entrée, histoire de ne pas rater les sorties, puisqu'une entrée, par mesure d'économie sans doute, sert également à foutre son camp.

Je m'endors dans les quinze secondes qui suivent ; épuisé par mes prouesses amoureuses et mes lacunes professionnelles.

C'est *Frau* Magger, la taulière, levée la première, comme le capitaine du bateau, qui m'aperçoit et m'éveille. Imagine une jument de bientôt deux mètres, avec un cul carré, accroché très haut, et des chevilles comme des troncs de baobabs. Elle est d'un blond rouquemoutant, frisée comme un buisson d'aubépine de cheval. Déjà peinte en guerre, la dadame : fardée à la truelle, les labiales pareilles à une toile de Man Ray (du culte) et des dessous de z'yeux verts comme des pelouses anglaises. Son bustier la précède de cinq minutes tant tellement elle coltine d'imposants nichons. Un régiment de chiens-panzers s'en goinfrerait sans qu'il y ait de lésés.

— Mais qu'est-ce que vous faites-t-il ici, *Herr* Machin ! s'exclame la tendre créature qui se pique de parler français ayant été souris grise à Bruxelles pendant la guerre.

— Je vous attendais, chère *Frau*.

— Vraiment ! Et pourquoi vous attendait-il moi ?

Je mets mon regard en code et je veloute ma voix.

— En quoi est-il anormal qu'un homme guette une jolie femme ?

Ça bascule dur dans son slip ! il lui en arrive une pleine bassine, Mémère. Holà ! qu'est-ce à dire ? Du gringue ? Elle qui se bourre que le charcutier depuis son veuvage, un gros informe tout en bacon avec l'air con et une prothèse jambiaire.

Du coup, devant cet assaut impromptu, elle reconsidère son problème, la vioque. A soixante et mèche, et cent quatre-vingts livres franchies, elle avait un peu perdu l'habitude des assauts intrépides. Son premier regard de femme courtisée est pour le miroir du hall. Elle y découvre une vieille vache en pleine bourre, encore fringante des loloches et de la croupière, dotée d'un sourire enjôleur large de vingt-cinq centimètres. O.K., elle peut faire la route, assumer la charge. Son deuxième regard se pose sur ma personne. J'y lis une note qui doit voisiner le dix-huit sur vingt, avec possibilité de bonification supplémentaire, le cas déchéant.

— Les Vrançais, toujours les mêmes charmeurs, n'est-ce pas-t-il ? dit-elle avec ses glandes mammaires en ballottage.

— Sensibles à la décharge sexuelle qui émane d'une femme, admets-je. Pas de pétrole, pas tellement d'idées, mais un sexe toujours prêt.

— Vous êtes un bédit bolisson, cher *Herr !*

Et puis elle attend la suite, après un regard à sa montre dont le poignet de métal lui cisaille le poignet. Pour lire le cadran, elle doit rabattre un bourrelet de viande rose.

— Avons-nous-t-il le temps de prendre un café ensemble ? je soupire comme si, de sa réponse dépendait la suite de mon existence.

— Trudi descend dans un quart d'heure, mais je vais le préparer tout de suite, s'empresse l'ogresse.

— Puis-je me joindre à vous ?

— Nature allemande, répond-elle.

Et tu voudras bien lui pardonner cette incorrection de termes, qu'autrement sinon je te compisse l'arête des fesses.

Nous voici dans la vaste cuistance briquée à mort. Mémère se met à manipuler son énorme cafetière comme un conducteur de locomotive ses manettes.

Mézigue, mutin, je m'approche et lui masse la croupe en loucedé. Un corset en comparaison duquel l'armure d'Henri II n'était qu'un tutu de ballerine me meurtrit la pogne. Mais mon geste franchit à bon port la carapace pour lui stimuler le sensoriel.

— Belle comme vous êtes, je romance, vous devez en avoir du succès. Je parie que tous vos pensionnaires masculins vous font la cour ?

Tu suis le lancement du javelot, gars ? Bien parti, l'élan est bon et je mets pas le panard en deçà du cercle.

En quatre échanges et deux caresses à la moulasse je suis en plein vif de mon sujet. J'apprends que le père Otto Werther est un croulant à demi aveugle qui vient à Bärbach depuis des décennies. Auparavant, il séjournait avec sa grognace, mais elle est morte voici deux ans. Il continue sur sa lancée de se reposer dans ce coin de Bavière. Il lit des bouquins à la loupe et ne bouffe que des laitages. Donc, je peux le rayer de ma liste. Freddy Wolks, le représentant, est un gros type gentil qui passe une fois par an. Il reste deux jours dans la région. *Frau* Magger lui passe des petites commandes de bordeaux ; pas beaucoup car les gens de par ici éclusent surtout des vins blancs du pays. A éliminer itou. J'imagine guère un agent du Shin Beth en illustre Gaudissart de la vinasse. Reste donc la dame « peintre ». C'est la première fois qu'on la voit à l'auberge. Elle l'habite depuis trois semaines. Elle vadrouille dans le bled, en coltinant son chevalet pliable. Elle a déjà peint l'église, et certaines vieilles maisons, mais franchement, Bernard Buffet peut dormir sur les deux oreilles d'Annabelle, c'est pas Virginia Salski qui lui arrachera la vedette.

D'une chose l'autre, le caoua est passé.

Voilà Trudi qui se pointe, encore embrumassée : une grosse rougeaude mal fagotée aux joues saignantes.

Force m'est de boire en compagnie de l'hôtesse le café que j'ai sollicité. Ses pieds capturent les miens. Tu ferais un plan rapproché sous la table, tu devinerais jamais lesquels sont les panards du flic.

Un bruit d'eau vasant à flots. La peintresse (on dit bien une poétesse) fait couler son bain. Elle fredonne une mélopée pleine de nostalgie. Un air des steppes qui fait « lalali nananère », très porte-aux-rêves.

Je pénètre dans sa chambre sans frapper et me mets en devoir d'explorer les lieux. Tu sais mon pif dans les périodes de haute tension ? Je vais tout droit à sa grande boîte de peinture posée près de mon cul, sur la commode (je suis plus mal embouché que les trompettes de la renommée, mais je fais plus de bruit).

Un sixième sens ! A moins que ce ne soit le septième, faudra que je refasse mes calculs à temps perdu.

Pour commencer, je soulève la boîte. Illico son poids me renseigne. Sa conformation également : double fond. J'agis prestement et je dégage du compartiment secret un 11,43 équipé d'un silencieux.

Allez, zou : dans ma ceinture.

Rapide inspection de son matériel. Qui me permet de découvrir qu'un de ses gros tubes de couleurs sur lequel est écrit « blanc de zinc » est en réalité un vaporisateur. J'en renifle l'orifice, et bon, mon siège est fait, comme disait un ébéniste de mes relations : le pulvérisateur contient une substance anesthésiante. Poum : *in my pocket.*

Sûr de moi et dominateur, je poursuis ma perquise silencieuse. Dans le sac à main en croco pur fruit, je déniche un passeport italien, affirmant comme quoi, malgré son patronyme, la Suzanne Valadon de l'auberge est native de Roma. J'ai rien contre. Après tout, M. Krasucki aussi est né dans le Cantal, non ? S'il fallait s'arrêter à ce genre de considérations, on ferait tous parti du Front National qu'au royaume des aveugles les borgnes sont rois, n'est-ce pas ?

Mon exploration m'enrichit d'un talkie-walkie longue portée. Je l'ouvre et dispose les piles à l'envers de manière à le rendre inopérant.

Fin de mes manœuvres de printemps. J'ai agi avec célérité, lequel est un de mes vieux camarades de lycée. Dieu ayant créé le dimanche et M. Lévitan le fauteuil pour le repos de l'homme, je prends place dans celui de la chambrette et j'attends qu'il soit dimanche.

Dans la salle de bains, Virginia a cessé de fredonner et de se fourbir. M'est avis qu'elle est passée au stade de la coiffure car je perçois un bruit régulier, soyeux.

Il s'écoule vingt superbes minutes avant que la personne ne sorte.

Elle est nue comme un programme électoral. Je la considère avec ambiguïté. Une femme de trente-cinq piges environ, maigre comme une harpe, si tant tellement qu'elle est tout en creux avec juste deux œufs sur le plat. Ses cannes sont tellement écartées que tu pourrais serrer la pogne d'un pote entre ses cuisses. Elle a des cheveux noirs, longs d'un mètre cinquante et, si j'en crois le triangle d'astrakan qui lui gaufre le frifi, c'est une authentique brune. Y a une espèce de décharnance précoce chez cette personne. Quand tu la regardes, tu te dis qu'elle figurerait en bonne place dans un amphithéâtre de la fac de médecine sous le pseudonyme d'Anatole. Seulement, si tu croises son regard, tu constates que, plus vivant qu'elle, tu meurs ! Deux rayons laser, mon chéri. Que je me demande si elle n'est pas déjà en train de me sectionner en deux !

Surtout imagine pas qu'elle rameute la garde ou se perde dans des « qui vous a permis », « que faites-vous là », etc. Non, d'un bloc, elle a appréhendé la situasse et tout pigé. Faut dire qu'elle me connaît. Elle sait que je suis le cicérone de Streiger. Et parce qu'elle l'a compris, elle m'épargne des simagrées superflues. Et aussi autre chose : sa nudité intégrale. Le geste de Phryné, elle, connaît pas. Faut dire qu'elle n'a rien qui eût inspiré Praxitèle, le sculpteur de la lascivité. La gerbe ! Certains corps féminins te filent presque envie d'attraper le sida. La peintresse appartient à cette catégorie des lots à réclamer.

Donc, pour t'en finir, parce qu'une phrase

inconclue est pire qu'une branlette interrompue, son à poiltée ne la gêne pas. On l'a exercée tous azimuts et elle ignore ce qu'est la pudeur.

Comme c'est moi qui crée l'incident, elle attend ma suite sans se biler.

On pourrait rester encore cinquante-cinq heures à se défrimer ainsi, mais faudrait se faire monter de la bière et des sandwiches, licebroquer, déféquer, et tout ça pourrait rompre le charme.

Je prends donc l'initiative.

— Où est-il ? je questionné-je.

Au lieu de répondre, elle se gratte les cerceaux et la puissance de mon autosuggestion fait que je crois entendre jouer de la lyre irlandaise. (Mieux cotée que la lire italienne, soit dit en passant.)

Son attitude me renseigne : elle ne parlera pas ; ne se donnera même pas la peine d'échanger des répliques avec moi. Elle a accompli son boulot qui était d'alerter les ravisseurs de Streiger au bon moment et de leur ouvrir la voie. Probablement l'a-t-elle soporifié. Une femme, il se sera moins méfié. Elle a dû pénétrer chez lui, le vaporiser séance tenante, ouvrir la porte-fenêtre et elle a prévenu ses complices. Vite fait sur le gaz, c'est le cas de le dire.

Je gamberge plus vite encore qu'un lapin ne coïte.

Mon écran mental décode du silence les informations suivantes : « Miss Salski restera muette. Alerter la police ne servira de rien qu'à foutre la merde sur ma mission. Je n'ai pas d'autres moyens de pression que la torture ; mais, outre que ça n'est pas mon style, je sais qu'elle n'y céderait pas. » Conclusion, il faut trouver autre chose...

Quoi ?

Cherche, mon grand glandeur, cherche mon Médor à la con.

D'accord, je cherche.

Et trouve...

Tu vas voir.

Je tire le pulvérisateur de ma fouille.

— Ça doit être efficace, ça, non ? fais-je en riant.

Le lui rapproche du *nose.*

Elle ne bronche pas. Je presse sur le bouchon, le menu bec situé au-dessous lâche un jet cinglant. Ses narines en sont humidifiées. Elle continue de me fixer en silence. J'ai honte. De quel droit me mêlé-je de ses affaires ? Elle doit croire que j'appartiens à quelque organisation pro-nazie et ça me turlupine. Son regard se retourne ; elle fléchit sur ses jambes maigres. Je l'aide à chuter. Pas lourde, la sœur. La voici à terre. Encore une petite rincelette, tchoc tchoc ! Les bonnes mesures font les bons tailleurs ! Comme il n'y a pas de mode d'emploi sur le tube, j'ignore tout des conséquences qu'entraîne l'inhalation du produit, pas davantage que la durée de ses effets. Elle verra bien...

Ce que je peux t'affirmer, c'est qu'elle en a morflé une bonne dose, la gente agente.

Je sors en laissant la lourde ouverte et me précipite au rez-de-chausson.

— *Frau* Magger ! Vite, un docteur ! Je crois qu'une de vos pensionnaires a pris un malaise.

La gravosse propulse sa poitrine en avant-garde, puis le restant de sa personne succède.

Je lui raconte tout bien en détails, comme quoi, en longeant le couloir, j'ai aperçu Virginia Salski inanimée dans sa chambre dont la porte n'était pas fermée. Tu comprends ?

CHAPITRE VI

C'est la croix et la barrière pour l'obtenir, le Ministre. Il est mieux protégé qu'une reine abeille dans sa ruche.

Tout de même, à force que je parlemente et glapisse, on finit par me le livrer franco de porc et d'emballage.

Sa voix brumeuse comme un égout engorgé grommelle :

— C'qu'y a-t-il pour vot' service, commissaire ? Auriez-vous-t-il largué vos connards d'Amerloques ?

— Je vous en prie, Majesté, ne persiflez pas, je viens solliciter votre aide. Cela presse. Il me faudrait de toute urgence du renfort.

— Pourquoi t'est-ce vous n'en d'mandez-t-il pas à vot' Big-Machin d'mes couilles ?

— Je préfère usiner avec des compatriotes.

— Ah ! tout d'même !

Sa satisfaction ressemble à du Wagner, le moment que tous les cuivres bousinent et te concassent les feuilles.

Radouci, il demande :

— D'où vient-il qu'vous v's'adressez à moi ?

— Parce que cette assistance que je sollicite doit demeurer secrète, Votre Eminence. Je dois donc m'adresser au plus haut niveau de la hiérarchie.

De plus en plus flatté, l'éminent personnage fond.

— V's'avez cogné à la bonne lourde, mon cher. Accouchez, qu'on puisse examiner l'bébé.

— Je suis dans un village de Bavière, à une cinquante de kilomètres de Munich, nommé Bärbach, vous pouvez noter ?

— J'vous d'mande un instant, j'ai rien sous la pogne... Oh ! merde ! Bordel ! Chié donc ! Maâme Langlade ! Maniez-vous l'train, putain d'elle, j'viens de renverser ma bassine ! Apportez des serpières.

Pressentant mon point d'interrogation, le monarque républicain m'explique :

— J'tais en train d'prendre un bain d'pieds, vu que j'ai des ongles en carnet. Ceux des pouces ! J'avais oublié d'les couper c't'année et ces p'tits rigolos me rentent dans la viande qu'j'ai un mal fou à arquer. Mais bougez-vous l'oigne, maâme Langlade, vérole ! Y a de la baille su' la moquette on dirait qu'tout l'ministère est venu pisser dans mon burlingue, comme s'il aurait pris mon cabinet pour çui des toilettes.

Et à moi, oublieux soudain des solennités :

— Escuse-moi, grand, mon escrétaire tarde à viendre à mon s'cours. Beau cul, mais rien dans la tronche ! Quouâ ! V's'app'lez c'te patte-mouille une serpière, maâme Langlade ? Boug' d'connasse à poils, av'c c'te guenille vous essuyeriez pas une sous-tasse. Prenez vot' culotte, si vous auriez rien d'autre ! Mais faites quéqu'chose : j'attends l'roi des Belges. J'veux pas qui croive qu'j'fais du ski nautique dans mon bureau !

« Bon, vas-y, Sana, j'note. »

Je lui résume mon historiette et lui explique pourquoi j'ai besoin d'aide. Il opine.

— T'auras quéqu'un dans l'après-midi, mec, promet le Glorieux. J'vas faire débloquer une Alouette.

— Je veux quelqu'un de premier ordre.

— Tout c'qu'y a d'premier orde, promet le ministre. Bouge pas, j'ai mon interphone qui m'appelle...

Sa voix se fait plus lointaine.

— Jockey, grimpez-me-le ! l'entends-je déclarer.

Puis, à mézigue :

— J'sus t'obligé de t'quitter, l'artiss, c'est l'roi des Belges et sa clique qui vient visiter nos installations antiterrorisantes. Où sont mes pompes, maâme Langlade ? Qu'est-ce vous racontez ! L'garçon de bureau les a emportées pour les cirer ! Hein, comment ? Elles en avaient besoin ? Mais qu'est-ce y vous permet d'prend' des initiatives d'c'te gravité, maâme Langlade ! Répondez-moi ! Alors faut qu'je vais r'cevoir l'roi Boudin pieds nus ? Entrez ! Merde, l'v'là. Mes respectes, mon roi ; très honoré d'vous faire connaissance. J'vous d'mande pardon si j'ai les nougats à l'air, on a eu un problème technique, rapport à une canalisation qu'a rendu l'âme...

La chère Virginia Salski est toujours dans le sirop de néant. Elle se trouve à l'hôpital de

Blatternstadt, à trois bornes de l'auberge, où les médecins viennent de la mettre en observation. Ils se paument en conjectures sur son cas.

Carson l'a escortée d'autorité, à ma demande. Les gens de l'hosto ont dû la prendre pour une parente car ils ne voient aucune objection à ce qu'elle reste à son chevet.

Je l'y laisse après lui avoir remis le vaporisateur magique.

— Une petite giclette dès qu'elle reprendra connaissance, n'est-ce pas ?

— D'accord. Vous espérez quoi ?

— Que ses amis viennent prendre de ses nouvelles, tout simplement ; chose qu'ils ne vont pas manquer de faire ! Je reste dans les parages, discrètement.

J'aimerais déposer un baiser — même des plus-chastes — sur ses lèvres. Son regard glacial ne m'y encourage pas.

L'immobilité est propice à la somnolence et, de même que la ligne droite constitue le plus court chemin d'un poing à un autre, la somnolence est le trajet le mieux balisé pour aller de l'éveil à la dorme.

C'est pourquoi je cloche de plus en plus fortement au volant de ma chignole. D'autant que je l'ai remisée sur un parking discret, face à l'entrée de l'hosto, entre deux ambulances qui lui assurent de l'ombre.

Je tente de lutter contre l'engloutissement, mais tu ne passes pas impunément une nuit à baiser et la prouesse engendre des séquelles le lendemain.

L'après-midi touche tu sais à quoi ? Oui : à sa

fin. Rien ne s'est produit. Alors une vague, venue de mes profondeurs, me submerge doucement. Tout devient opaque et je perds le contact.

Voilà que je fais un rêve. Rien de plus tarte qu'un romancier décrivant un songe. Toujours, j'ai le sentiment qu'il tire à la ligne, et je lui conseille plutôt de tirer un coup, ce qui est plus profitable, à moins, naturellement, qu'il baise comme un manche de pioche.

Si je te cause du rêve qui me tarabuste l'inconscient, c'est à cause de parce que.

Voilà donc que je suis sur une mer infinie, calme et d'huile, dans une embarcation sans rames ni moteur. Le soleil darde, j'ai la pépie et je me sens à ce point vanné que je gis dans le fond de mon canot, kif mister Ramsès dans son sarcophage.

Et soudain, sans que la moindre houle ne se soit levée, mon esquif (comme on dit puis dans les pouèmes) se met à rouler d'un bord l'autre, de plus en plus fortement. Alarmé, je parviens à me dresser sur mon océan (ou mon séant) et qu'avisé-je ? Béru et Pinaud, à poil, sont agrippés de part et d'autre du barlu et pèsent alternativement comme les pompelards de jadis sur le balancier de leur pompe ; ce qui provoque cet infernal et gerbant mouvement de roulis.

L'impression est si désagréable que je m'éveille en sursaut. J'ouvre mes quinquets, et j'aperçois Béru et Pinaud, de part et d'autre de ma guinde, qui s'amusent à me balancer comme deux cons, en se marrant.

La stupéfiance me point.

J'appuie sur les deux commandes de vitres de l'avant, simultanément.

— Monsieur le ministre, bafouillé-je. Comment se peut-ce ?

Mes compagnons lâchent prise. Son Excellence ôte son feutre neuf, en essuie la bande de cuir avec deux doigts et se recouronne empereur des Nœuds.

— J'ankylosais derrière ce burlingue, mec. Alors je m'ai accordé quarante-huit plombes de récré. Tu voulais du renfort d'élytre ? N'en voilà ! Mais qu'ça rest' ent' nous, je te prîlle ! J'voudrais pas qu'mes insubordonnés sucent qu'j'remets la main à la pâte.

Est-ce idiot ? Voilà que des larmes me bousculent les cils. Un flot d'émotion. Les retrouver tous les deux, identiques, fervents. Intouchés par le temps qui passe. Pinuche, Béru. Mes chers illustres. Mes amis de toujours, mes valeureux. La Pine, éternellement branli-branleur, chassieux, pelliculaire, perdu, souffreteux, consentant, disert, altruiste et gâteux. Et puis le Superbe, dont la planturence croît sans cesse. Le luisant toujours vert (on l'appelle d'ailleurs le vert luisant), colossal, impérial, taurin, fabuleusement con et sublime.

Eux deux, dans ce bled de Bavière. Répondant « Présent ! » à mon appel. Ministre, pas ministre, Sana réclame de l'aide, et il lâche son maroquin inespéré pour accourir. Ah ! le beau trio que nous formons ! Insolite, ô combien ! Mais soudé. Mais imbrisable, n'importe les politiques.

Je sèche vite mes pleurs car voici la merveilleuse Carson qui sort de l'hôpital. Elle pique droit sur moi, s'arrête en me constatant de la compagnie. Mais je lui fais signe de nous rejoindre et elle achève le parcours.

Période indécise. Je me décide à faire les présentations.

— Deux de mes collègues français que j'ai appelés officieusement à la rescousse. voici Mlle Carson Duck.

De part et d'autre, ça s'hume sans enthousiasme. Deux clans antagonistes. Ils le comprennent. Le manifestent, chacun à sa manière. L'enjeu ? Un certain San-Antonio. J'ai l'impression d'être un monsieur qui présente son ex-épouse à la nouvelle. Sourires de bois à peine polis. A moi d'assumer le malaise, d'orchestrer l'instant délicat.

— Comment se fait-il que vous ayez quitté son chevet, Carson ?

— Les infirmières me l'ont demandé. Comme la « malade » avait des velléités de reprendre conscience, je l'ai vaporisée de nouveau.

— Vous avez bien fait. Si j'en crois la durée de sa première anesthésie, elle aura son compte jusqu'à demain…

— Probablement. Que faisons-nous, maintenant ?

J'aime qu'elle me pose la question, cela prouve que mon autorité est reconnue par elle.

— Vous allez continuer de faire le guet dans cette voiture en compagnie de l'inspecteur Pinaud. Pendant ce temps, je m'occuperai des travaux de l'église avec… l'inspecteur Béru.

— Vous supposez toujours que « quelqu'un » va s'occuper d'elle ?

— J'en suis absolument convaincu et m'étonne que la chose ne se soit pas encore produite. Allons-y !

Mais je sursois car un groupe de jeunes gens

surgit à moto. Ils sont quatre chevauchant trois bolides. Ils portent des combinaisons de cuir et des casques de chevaliers de l'Apocalypse. L'une des péteuses est équipée d'un side-car dans lequel se trouve un garçon blessé. Il a la tête en sang. Ses potes le dégagent de la nacelle noire, on constate alors que sa combinaison est déchirée à la jambe droite, depuis sa cuisse jusqu'à sa cheville et que le raisin dégouline. Les copains le soutiennent jusqu'à l'entrée de l'hôpital.

— V'là les charmes du deux-roues ! grommelle Bérurier. J'sus t'en train de pondre une ordonnance pour les interdire à la circulation en déhors des circuits. Y en a classe qu'c'te belle jeunesse se fraise la gueule à tous les coins d'route.

— Attendez-moi un instant ! déclare tout à coup Carson, j'ai oublié le vaporisateur sur la table de chevet de la femme.

Elle s'éloigne en courant.

— Jolie personne, apprécie Pinuche, ses deux glaves en forme d'yeux posés sur la silhouette harmonieuse.

Le ministre branle sa hure.

— J'sus pas preneur, assure-t-il. Y a quéqu' chose chez c'te greluse qui m'débotte. Son r'gard, j'croye. Elle te mate comm' si tu s'rais la pire merde jamais tombée d'un cul. Ell' est pas sortie d'la cuisine d'Jupiter, pourtant, si ?

Il ajoute :

— Et, turellement, m'sieur l'Antonio s'la respire à pleine bite, j'suppose ?

— Erreur, soupiré-je. Ce n'est pourtant pas le désir qui m'en manque.

Le Gravos violit.

— T'vas pas m'dire qu'elle chichite et r'fuse la tringlette ?

— Jusqu'à présent, elle n'admet pas la moindre allusion.

L'énorme ministre ôte de nouveau son chapeau pour, encore une fois, en essuyer le cuir.

— Ça fait quinze piges qu'j'ai pas porté un bitos neuf, explique-t-il, et çui-là m'gêne aux entournures. Pour t'en reviendre à ta gonzesse, t'employes pas la bonne méthode, l'artiss. Av'c ce genre d'mijaurée vanneuse, c'est deux beignes su'l'museau, et pose ton slip, bébi, qu'je te fasse un brin d'surchauffe. C'est pas du gazouillis qui convient à c'genre de mémé, mais des tartes !

Il philosophe sur le mode du soliloque :

— La tarte se perd, alors l'monde se perd aussi. J'en causais au président, avant-hier. J'lu disais : « L'sens des valeurs, ça commence par un coup d'pompe dans l'train, mon président. Tant qu'vous pigerez pas ça, vot' nouveau régime vaudra même pas un régime d'bananes trop mûres. »

Le Valeureux se recoiffe. Puis il applique son énorme pouce contre l'une de ses énormes narines et se mouche à sa manière, laquelle n'a pas droit de cité dans le *Guide des Bonnes Manières*.

— J'espère, soupire-t-il, que c'qu'on va branlocher dans c'patelin fera pas trop d'vagues, qu'aut'ment sinon ça crérerait un incendie diplomatique, vu ce dont je suis. J'voudrais pas que les Chleuhs me déclarent personnage non gratin, ça pourrait gêner les rapports du président avec euss.

Il bâille.

— T'seras en France, la s'maine prochaine, Tonio, pour la fête à Pinuche ?

— Quelle fête ?
— On l'décore.
— De quoi
— D'un peu tout. J'y ai obtint la Légion d'honneur, les palmes académiciennes, l'ord' national du Mérite, çui des lézards et lettres, la médaille d'honneur des Actes de courage et d'dévouement et celle d'la campagne d'Indochine, plus l'mérite Agricole consécutiv'ment à son jardin du Loiret dont il cultive je te dis que ça ! Ah ! il aura pas froid, c't'hiver, pépère av'c sa batterie d'cuisine su'l'burlingue. On pourra l'inviter dans les noces : y fera bon genre, hein, la Pine ?

Ainsi interpellé, César rit aux anges.

— C'est trop d'honneurs à la fois, modestise-t-il.

— Mon cul ! réplique l'Excellence. Si j'te décorerais pas, moi, qu'est-ce qui l'ferait ? Faut profiter d'c'que j'sus t'en place, vieille cloche. Quand on est miniss, c'est comme quand on a la p'tite vérole : ça laisse des traces. Là, au moins, tu auras un p'tit souv'nir... Ma façon de faire la campagne « Touche pas à mon pote. » Y s'branlent la coiffe, les mecs. Y croivent qu'y vont changer l'monde. Badge, pas badge, la vrai d'vise du cœur humain, ça s'ra toujours « Touche pas à mon pot-au-feu ! »

Là-dessus, il pète.

Comme tous les ministres, de tous les gouvernements, dans toutes les parties du monde.

— Ell'r'vient pas vite, ta frangine ! soupire Béru. T'es sûr qu'elle aurait pas mis les bouts par une issue des pieds ?

En effet, voilà un quart de plombe qu'elle est rentrée dans le petit hôpital.

Brusquement en alerte, je décide d'aller aux nouvelles. Mais comme je sors de la chignole les jeunes motards réapparaissent, soutenant leur pote blessé dont on a pansé la tronche et la jambe. Il est inanimé et ils ont quelque peine à le fourrer dans le side-car. Ils l'y lovent (à propos : *I love you*) rapidement et décarrent. La seconde moto s'élance à son tour, mais la troisième va à la petite vitesse jusqu'au perron de l'établissement. Un mec en jaillit, portant un survêtement bleu et un casque de motard. Il monte à l'arrière de la selle et le pilote pique une décarrade foudroyante.

A peine, et voilà que des gens en blouse blanche surgissent sur le seuil. Parmi eux : Carson ! Leurs gestes désordonnés à tous me font piger qu'il vient de se passer quelque chose.

Quoi ? Pas dur à piger. Ces jeunes motocylistes viennent d'opérer un coup de main d'une audace dont seuls les Israéliens sont capables en ces temps de foireux.

J'ai été repéré et ils sont venus enlever Virginia Salski à mon nez et à ma barbe, en chiquant aux motards accidentés. Et l'Antoine n'a pas bronché d'un poil. Seule, miss Carson a flairé quelque chose. Elle s'avance d'un pas rageur.

Pinuche lui ouvre la portière. Elle monte.

— Bravo ! me dit-elle seulement.

Je démarre comme un fou. Mais tu parles : le temps de me dégager du parking, la route est déserte. Tu veux faire quoi pour courser des bolides à deux roues avec une tire de série dont les pare-chocs sont en carton ?

— Ils ont braqué le personnel ? questionné-je.

— Parbleu.

— Et passé la combinaison déchirée à la femme pour l'évacuer sans que je réagisse ?

— J'avais raison : vous comprenez toujours les choses une fois qu'elles ont eu lieu, dit-elle.

Bérurier toussote.

— Pense à c'que j't'ai dit, l'artiss : des mandales, mon pote ! A plein museau ! Même l'homme qui s'goure doit êt' respecté, sinon ça régénère.

Je lui souris dans le rétroviseur.

Tristement.

Pour te dire vrai, je me sens un peu glandu car je viens d'en prendre plein les moustaches.

CHAPITRE VII

A l'issue du conseil de guerre tenu à l'auberge de Bärbach, conseil au cours duquel M. le ministre but seize chopes de bière et messire Pinuche-le-surdécoré, deux bouteilles de vin du Rhin, l'ordre du jour fut le suivant « la récupération de Virginia Slaski par ses compagnons ne représentait pas une défaite à proprement parler. Certes, son enlèvement nous privait de toute chance de retrouver Streiger, mais après tout, le nazi nous avait craché ce qu'il savait et son destin ne nous importait plus ». C'était somme toute ratifier la première réaction de Carson Duck. Il allait falloir maintenant s'attaquer à la dalle de l'église, et comme nous serions quatre, les travaux n'en seraient que plus rapides.

Peu après l'angélus du soir, nous prîmes une légère collation, servie par les grassouillettes menottes de *Frau* Magger. La gente hôtesse me mit à moult reprises ses trente-deux kilogrammes de nichons sous le nez et me frôla de la hanche fréquemment. Je l'apaisais avec des regards prometteurs. Pourtant, nos relations avec la somptueuse jeune femme la chagrinaient et elle regrettait secrètement le bon temps où, sur une simple dénonciation anonyme, elle aurait pu l'envoyer à la chambre à gaz.

Nous ourdîmes le plan suivant : dans un premier temps, je porterais seul le matériel à l'église et l'y planquerais. Dans un second, Béru et Pinaud me rejoindraient pour dresser la chambre insonorisante. Ils se mettraient au turbin tandis que Carson et ma pomme nous nous assurerions, par une ronde discrète aux abords de l'église, qu'on ne percevait aucun bruit alarmant.

Au cas où cette vérification s'avérerait positive, je me joindrais à eux tandis que notre belle amazone ferait le pet.

Carson acceptait le programme sans se départir de son hostilité. Elle me méprisait à un point tel que j'en éprouvais des troubles respiratoires. J'aurais voulu accomplir un exploit surhumain pour me réhabiliter à ses yeux. L'orgueil, toujours lui ! Ce malheureux orgueil qui nous entraîne, nous autres pauvres mâles, à tous les excès et aux plus grands risques.

Ce qui détruit l'équilibre du couple, c'est que la femme ne se soucie jamais de convaincre l'homme alors que c'est la préoccupation dominante de celui-ci vis-à-vis de la femme. Il suffit à la femme de dire pour être certaine d'exprimer une vérité (même quand elle préfère délibérément un mensonge), alors que le pauvre julot, lui, n'a d'autres vérités que celles qu'il a fait ratifier par la femme. Une vérité indéniable cesse d'être vraie si la femme la refuse. Il passe donc une grande partie de sa durée à tenter de convaincre quelqu'un qui n'est pas convaincable ; voilà pourquoi sa moyenne de vie est terriblement plus faible que celle de la femme.

Je te dis tout ça en passant, conscient de te faire chier, lecteur chéri, soit parce que tu l'avais déjà compris, soit parce que tu es inapte à le comprendre jamais. Mais quoi, merde, ça soulage, et si je n'avais dû écrire que les conneries dont tu raffoles, je n'aurais jamais été élu à l'Académie Goncourt. Et voilà !

Si on se tient sur le parvis de l'église, on perçoit les chocs. Si on écoute, à hauteur de la nef, on les entend un peu mieux. Mais enfin, ça n'a rien d'un vacarme. Cela dit, c'est pas complètement dans le velours. Suffit qu'un pégreleux s'attarde dans le coin, vienne pisser entre deux arcs-boutants, par exemple, ou qu'un couple d'amoureux se réfugie dans l'ombre profonde s'y déguster les muqueuses pour qu'il y ait un risque d'alerte. Voilà pourquoi, il ne faudrait pas non plus que ledit guetteur attire l'attention. Tu sais comment sont les petites gens dans les petits bleds ? Toujours avides d'insolite.

Ayant dûment pris conscience de cette réalité, nous décidons que je resterai avec Carson pour jouer les amoureux à bord de l'auto. Ainsi pourrons-nous surveiller le secteur et alerter nos deux « maçons de la nuit » d'un coup de klaxon.

Pigé ?

Elle porte une tenue noire, Carson. Pantalon, chemisier, délicat blouson à la coupe *very new look,* plein de poches, de boutons à grosses tronches et de fermetures Eclair. Son parfum délicat me chavire.

Pour faire vrai, et malgré son manque d'enthousiasme, j'ai passé mon bras sur son épaule.

Le silence m'obsède.

Je me racle la gargane, me creuse le ciboulоche, mais rien de valable ne me vient. Je souhaiterais discuter un grand coup avec elle. Lui demander si je la débecte vraiment tant que ça. Si c'est moral ou physique, son aversion. Au point que ne serait-elle pas gouine sur les bords, mine de rien ? Je voudrais savoir. J'aime pas qu'une fille me rebuffe. Ça me navre tout partout, me fait douter de l'existence. Si elle aime le gigot à l'ail, soit, j'en prendrai mes parties ; chacun chope son fade où il le trouve.

— C'est quoi, votre parfum ? finis-je par articuler miséreusement.

— Dois-je vous indiquer aussi mon âge et mon poids ? répond-elle.

— Vous me détestez ?

— Quelle idée !

— Alors, vous me méprisez ?

— Mais non, je vous rien du tout, monsieur.

— J'ai l'impression que je ne suis pas votre genre.

Elle crispe ses mâchoires.

— Je n'ai pas de genre.

— L'amour, pour vous, connais pas ?

— Je trouve des questions de ce genre déplacées.

— Alors on parle de quoi ?

— Du travail.

— Pour l'instant, il se fait, on n'a pas grand-chose à en dire.

— En ce cas, ne disons rien.

— La vie est basée sur la communication entre les individus, non ?

— Mais pas sur le bavardage stérile.

Les coups de marteau, dans le silence, franchissent la « cloche » insonorisante et se font, me semble-t-il, de plus en plus présents. Mais cela provient de ce que je suis tendu. En moi se développe une nervosité que je ne vais bientôt plus pouvoir contrôler.

Y en a classe, à la longue, de toujours devoir subir. De toujours se soumettre, à des supérieurs, à des lois, à des morales, à des règles de grammaire, à des percepteurs, à l'amour, à la faim, à ses sens. J'en ai rasibus de jouer jusqu'à plus soif *les Concessions d'un enfant du siècle.*

Concession ! Voilà le grand mot qui régit tout. Et la mort t'en délivre seulement pas puisqu'une fois que tu es clamsé, on te fout dans une *concession.*

J'explose, en pleine mission délicate. Quand ces bouffées ardentes te bichent, t'as pas moyen de leur échapper.

J'essaie de baisser ma vitre, espérant que l'air fraîchouillard de la nuit me calmera. Fume ! Ça part comme une giclée de foutre quand tu es à bout de retenue dans les mains de la madame experte.

— Puisque vous parlez si parfaitement le français, savez-vous ce que c'est qu'une mijaurée, poupée ?

Poupée ! Ça la flèche à vif, la Carson. Tant mieux ! Je lui vide mon sac. Elle va tout se respirer dans la foulée, la chérie.

— Une mijaurée, ma gosse, c'est une fille qui se prend pour beaucoup plus qu'une merde alors qu'elle est beaucoup moins ! Une mijaurée, ça prend des airs, tout comme vous. Des grands ! Bien hautains ! Ça vous regarde pas, ça vous répond comme moi je pète lorsque je suis seul. Une mijaurée c'est une connasse !

« Sérieusement, vous croyez que c'est une manière de se comporter ? Que c'est ça collaborer avec quelqu'un ? S'enfermer dans une morgue, humilier par chaque syllabe prononcée, par chaque regard détourné ?

« Allez vous faire voir, ma poule ! Et vite, vite ! Vite ! Je vous beurre le trésor, vous et votre papa, et tout votre circus de Big Between pour série télévisée section petit « c » !

« Je crie pouce ! Je déserte ! Tu me plumes, môme ! Tu me cavales sur la prostate ! Tes grands airs, ta beauté fatale, j'en fais un paquet que je te colle dans le prose. *Do you know,* prose ? Oui ? Bravo ! Et fion ? Et trouduc ? Tu « knowes » aussi ? Eh bien ! c'est ta résidence d'été, gamine !

« Allez, *ciao !* J'appelle mes potes et on les met ! Tu finiras toute seule puisque tu es tellement supérieure ! »

Je délourde de mon côté et m'apprête à me dévoiturer lorsque, d'un geste prompt, elle me chope par le revers du veston en criant :

— Non !

Surpris par son cri, je m'immobilise. Il y a alors un instant étrange d'intimidation mutuelle.

Oui, elle paraît gênée, effarouchée presque.

Et puis elle hisse sa bouche jusqu'à la mienne. Et c'est la pelle gloutonne. Ce qui te prouve qu'il n'a pas tort, le Gravos, de prôner la manière forte.

Instant fou ! D'une délicatesse sauvage. On s'entre-goinfre jusqu'à l'asphyxie. Madoué !

L'amour sauvage ! Elle se retenait, c'est pas possible autrement. La voilà qui coule sa main sur ma poitrine, faisant sauter un bouton de ma limouille au passage ! Elle foisonne dans mes poils. Elle est devenue dingue en plein, miss Mademoiselle. Tu sais qu'elle mange mes lèvres ? Je vais avoir quinze becs-de-lièvre (et un de gaz dans le futal) si elle arrête pas.

Elle continue, de plus en plus ardente ! Une chaudière incandescente qui explose ! Celle du *Titanic,* au moment que la glace l'avait rompue ? Une bouteille de Coca débouchée, en comparaison. Tu sais qu'elle sait mettre ses points de friction en exploitation, Carson ! Sa langue m'investit. Ses dents la suppléent pour faire de la dentelle avec ma bouche. Sa gauche me griffe le poitrail, sa dextre part à la recherche de Robinson Crusoe, le déniche, tout seul dans son île, qui faisait des signaux, le pauvre grand. Pas mèche de l'extrader, Malabar ! Elle l'estimait pas si colosse ! Ça lui fouette le zèle, lui catapulte le sensoriel. Viendra, viendra pas ! Elle va me le casser à obstiner en force. Faut que je lui prête main-forte pour dégager le Grand Ferré.

Carson pousse alors une grande clameur de triomphe. Elle est éblouie par le gabarit de M. Popaul. Elle lance un cri commanche commak : « Ahrwraouhaha ! »

Sa bouche quitte la mienne pour donner l'accolade à l'acolyte. La monstre bisouille de bienvenue (comme à Montparnasse). Ses pauvres mâchoires ! J'emballe dans la turgescence. Allons-y, casquette !

Elle pige qu'on va bricoler cent mille ans de la sorte. Vite vite, elle dégrafe son bénouze. Comme quoi, elles sont connes, je te jure de ne pas porter systématiquement une robe, au lieu de ces grimpants d'homme, bordel de merde ! C'est du sadisme, ou bien ? Le goût de l'obstacle ? Une manière de te taquiner le zobinche ? Tu parles si c'est commode, le décarpillage dans une tire ! On se cogne à tout : au tableau de bord, au volant, à l'appui-tronche, à la portière. Deux écureuils en rut dans la cage tournante ! La bagnole fait la chaloupe sur l'océan démonté. Enfin, voilà, mam'-selle est dépralinée du valseur. Et maintenant, que vais-je faire ? Pas joyce d'embourber une furie dans une Fiat Regata !

On essaie d'abord dans le style Adam et Eve, papa-maman et les vaches seront bien gardées, mais on capote. Je manque de recul. Coûte que coûte rectifier le tir forain. S'adapter aux circonstances. Ah ! qui chantera assez fort, la faculté d'adaptation de l'homme aux pires circonstances ! Je lui abaisse sa vitre, lui conseille de s'accouder à la portière. Tu me suis ? T'aimerais mieux me précéder, hein, petit dégoûtant ?

Voilà, on va pouvoir construire en dur, comme M. Bouygues qui fait des maisons de maçon. Elle pose son pied gauche tout au loin, sous le tableau de bord. A toi de faire ton trou, mon Tonio ! Monsieur est servi ! Le songe d'une nuit d'été ! La lune dans le caniveau ! C'est multinational comme sensation. Esotérique, presque ; intrabilaire, même à la limite.

S'il y a des vieilles catholes aux fenêtres, pourvues de jumelles à infrarouge, va falloir les essorer à la peau de chanoine, espère !

On réalise une très formide prouesse. Et sans

accessoires, je te fais remarquer ; uniquement en utilisant les moyens naturels ! Quel hommage rendu à notre Créateur, moi je prétends chaque fois. Sa satisfaction d'avoir fignolé des frifris et des zézettes et de les voir fonctionner aussi superbement ! Ça rejoint la prière quelque part, je le déclare en toute sincérité, car je hais le blasphème sous toutes ses formes. Et si d'autrouducuns et d'autrouducunes prennent ce que je viens de dire pour tel, c'est qu'ils ont la perversité à l'affût dans leurs glandes ; alors qu'ils se méfient !

Carson, c'est une furie du radada, mais silencieuse. Juste à la fin, pour l'apothéose : la gueulée éperdue du kamikazé. Et puis ses fesses s'affaissent et faut laisser l'effet se faire.

Somptueuse tringlée. Inoubliable. Et mon cœur chante car je me dis que ça n'est qu'un début, qu'une prise de contact, moins qu'un baiser.

Une promesse. L'annonce du printemps...

— Eh ben ! dites-moi, mes canards, c'est la toute grande régalade, à ce dont on dirait ! s'exclame l'organe mélécassiste de Bérurier, ministre.

Il est là, accoudé à ma propre portière, gaillard, la prunelle flamboyante de convoitise.

— Charmant coup de paf ! apprécie-t-il. Y a du style de part et d'aut' ; un coup d'reins énergique chez Mam'zelle. Tézigue, toujours régal à toi-même : un 33 centimèt' performant et une grande réserve d'pussance sous l'pied. Av'c ta pomme, ça fume sans êt' du belge. Tel qu'on t'voit décarrer en trompe, on craint pour la distance, mais non, c'est du dix-huit carats taillé dans la masse, garanti longue durée.

« Un moment, j'ai pu craind' qu'la petite, vu sa postance, allait chavirer su' bâbord et t'faire déjanter, et puis ell' a su conserver son assiette jusqu'à la ligne d'arrivée, bravo ! J'devrais vous noter pour l'Gault et Millau, j'vous cloquerais dix-huit et deux toques rouges étant donné la beauté du cadre. La frangine est carrossée d'première, le joufflu bien pommé, et qui s'permet d'avoir des fossettes. La cuisse superbe comme celle d'une estatue grecque. J'ai mal vu son p'tit diablotin à crinière, mais j'sus convaincul qu'y mérite une visite approfondie.

« Franch'ment, v's'avez xécuté un sans fautes, mes p'tits loups. J'en causerai à mon collègue de l'Enseign'ment. J'verrais assez un vidéo zob av'c vous deux l'rôle principal. Tu projettes ça dans les grandes classes, les gamins sauraient au moins à quoi sert un chibre et une babasse, et ça leur s'rait profitab' au lieu d's'astiquer comme d'l'argenterie d'famille. »

M. le ministre-juge-arbitre est tête nue, ayant déposé son couvre-hure pour travailler dans l'église. Il fut enfant de chœur, jadis, Alexandre-Benoît, et connaît les usages. Il s'exprime sobrement, mais on sent percer l'emphase sous le verbe choisi. Tout jugement s'accompagne d'une certaine suffisance, car, apprécier les autres, c'est implicitement se valoriser.

Carson, tu penses, en constatant que nos ébats ont eu un spectateur, elle agonise de confusion et se blottit contre mon épaule en cachant son beau visage dans ses chères mains. Une fois le désir guéri, il ne subsiste plus que la honte d'y avoir cédé.

— Bon, c'est pas l'tout, décide l'Imposant, on pourrait p't'être reviendre à nos moutons ?

— Vous avez descellé la dalle ?

— *Yes,* monsieur.

— Alors ?

— Alors, viens !

Sa voix me rend perplexe. Les ambiguïtés du Mastar sont toujours pour moi une source d'inquiétude.

Je rengaine mon service campinge et le suis dans le saint lieu.

César Pinaud prie.

Agenouillé sur le prie-Dieu de Victorine Putet (c'est écrit sur une plaque de cuivre), la Guenille arque un peu plus son échine déjà voûtée pour implorer du ciel la remise à trente jours fin de mois de péchés tellement véniels qu'on n'en trouverait la signification que dans la grande édition en vingt volumes du Larousse.

Comme il est émouvant, auprès de la cabine blanche d'insonorisation, avec son regard de morve ardemment offert à une statue de saint Joseph qui lui ressemble comme un cousin germain.

Ses lèvres remuent et son râtelier grince à bruit ténu, pareil à celui d'une vieille enseigne bavaroise dans le vent.

Je passe devant lui sans endommager ses dévotions. Mes deux gentils et francs-maçons d'occasion ont écarté la cabine pour ôter la dalle. Une excavation de soixante sur quarante centimètres, en forme de cavité, voire simplement de trou, rompt l'harmonie du dallage.

Cela n'a certes pas la dimension d'une fosse, et pourtant cela impressionne, à cause du lieu et de l'obscurité.

Sa Majesté me présente une lampe-torche style U.S. Army au faisceau puissant.

— Si m'sieur l'ingénieur voudra bien s'donner la peine d'regarder.

Je biche la loupiote et enfouis le rayon lumineux dans le trou (en anglais : *in the hole*).

Putain d'elle, quelle secousse !

J'aurais mis ma main dans la gueule d'un crocodile en train de bâiller, en croyant la glisser dans la culotte de Lady Di, ma réaction ne serait pas plus vive. Tiens, à propos de crocodile, tu connais l'histoire du dompteur de caïmans ? T'as deux minutes ? Je peux ? Mon nez dix tueurs va encore rouscailler comme quoi je consomme trop de faf et déboise la Suède, mais hein ? On est en République. Bon, alors c'est un dompteur de crocos, ou d'alligators, je m'en fous, en représentation dans un cirque. Il exhibe un bestiau long de dix mètres avec une clape qui fouterait la colique à un char d'assaut (arrête, ton charre, Dassault ! comme disait jadis M. Prouvost). Le dompteur est armé d'un terrible gourdoche. Il en file un coup sur la pipe du croco, lequel ouvre une gueule béante. Le dompteur s'agenouille et engage sa tronche entre les ratiches du saurien. Tu me suis toujours ? Le crocodile commence à fermer son clapoir. A la dernière seconde, le dompteur retire sa frite. Et olé ! Tonnerre d'applaudissements. Le gars déclare alors : « Et maintenant, encore plus fort ! » Il flanque un coup de gourdin sur la tête du caïman. Lequel se met à bâiller large. Misteur dompteur dégage de son beau bénouze chamarré un braque long commak et place sa belle chopine dans la bouche du monstre. Le crocodile ferme lentement sa gueule. L'auditoire retient son souffle. Au moment fatal, hop ! Une esquive, le dompteur récupère son zigomar de prolongement indemne. C'est le délire ! On l'ovationne... Je te fatigue pas ? Vrai ? D'ailleurs, ça va être tout de suite fini.

Après les applaudissements, le dompteur s'adresse au public.

« — Y aurait-il dans l'assistance, un monsieur qui oserait en faire autant ? » demande-t-il à la ronde.

Alors voilà une grande pédale fiévreuse qui se lève et qui annonce : « Moi ! ».

Elle ajoute :

« — Mais faudra pas me taper sur la tête ! »

Ça t'amuse pas ? T'as peut-être pas bien compris. Relis à tête reposée pendant que je vais écluser un baby scotch.

. . . .

Ça y est ?

T'aimes ?

Pas tellement ?

Alors, cours te faire dévaluer le zouki rue Saint-Martin, pauvre cloche !

J'aime bien, temps à autre, glisser une histoire drôle dans mes *books,* même si elle ne l'est pas. Ça fait plaisir à mon pote Lulu. L'autre jour, il me disait : « Pourquoi tu causes pas du nucléaire dans tes zœuvres ? Des rayons schmurtz dernier modèle, de la guerre des étoiles (à matelas), des microprofesseurs et tout ce bigntz archimoderne qui fait que demain c'est déjà aujourd'hui ? » « Parce que je m'en branle, lui ai-je répondu. Y a des gonziers qui connaissent le sujet, et moi, faudrait que je l'étudie avant d'en causer. Pourquoi veux-tu que je me fasse chier la bite à potasser ? J'ai eu déjà assez de mal avec mes examens, jadis ! Les contraintes du savoir, je supporte pas plus que celle des moniteurs de ski que tu douilles à prix d'or pour t'engueuler parce que tu fais une faute de care. »

Il a admis, Lulu. Moi, mes lecteurs, je veux bien leur payer un abonnement à *Science et Vie,* histoire de leur compenser mon innucléairation, mais qu'ils me brisent pas les précieuses pour que je me déguise en Albert Ducrocq (qu'enjambe). Chacun sa tasse de beaujolais ! Pourtant, il a ajouté, Lulu : « Alors, tu devrais forcer sur les gaudrioles, histoires belges, juives ou de pédoques ; ça, au moins, c'est dans tes cordes (à nœuds) ».

J'ai admis. « D'accord, grand, je t'en filerai au moins une par quimbou ! Ce coup-ci, c'est le dompteur de crocodiles. Dans le prochain, je t'offrirai une bath histoire belge. Tu sais : celle des deux chasseurs. Y en a un qui aperçoit dans le ciel une aile delta. Vite, il épaule et tire.

« — Raté ! lui dit son pote, l'aigle continue de voler. »

« — N'empêche qu'il a lâché sa proie ! exulte le tireur. »

Oui, je te raconterai celle-là ; commence à la comprendre en attendant.

Attends, où en suis-je-t-il ? Qu'est-ce que je te disais d'intelligent avant de débloquer ?

Ah ! oui : le trou. Ma loupiote. Le faisceau de la lampe qui plonge dedans. Moi qui zieute et m'effare.

Au fond de la cavité, pas de documents, l'aminche.

Mais par contre tu sais quoi ?

Une tête humaine, mon pote.

Celle de Streiger.

CHAPITRE VIII

Tu sais, les tours de passe-passe (comme disent les dames putes) ? La boîte magique. T'en places une sur les épaules du partenaire. Ensuite on ferme la porte et on enfonce des poignards dans le coffret, latéralement, verticalement, par-devant, par-derrière (ce qui n'est pas désagréable non plus).

Et puis tu rouvres la lourde.

Stupeur ! T'aperçois plus que le vide avec les lames des coutelas entrecroisées. La tronche a disparu ! Pfuiiit !

A cet instant crucial, je ne peux m'empêcher d'évoquer ce numéro de music-hall.

A l'envers.

Y avait un trou sous une dalle scellée. On descelle cette dernière et on trouve la tronche du gars en compagnie duquel je dînais hier au soir.

Applaudissez, dames et sieurs. Applaudissez très fort la grande prouesse d'Antonio le grand, d'Antonio l'unique ! d'Antonio le foutu con, baisé jusqu'à la gorge par les petits malins du Shin Beth !

Ratage intégral ! Cocufiage tout azimut. Me voiler la face ? Mais avec quoi ?

J'avais Streiger à charge et on me le kidnappe. Je mets la pattoune sur celle qui a aidé à son enlèvement, et on me la récupère en deux coups les gros. Je me rabats (Maroc) sur la fameuse planque aux documents Bruckner, et j'y trouve la tête décollée de Streiger.

Après cette série meurtrière, tu veux faire quoi, tézigue ? T'acheter des lunettes noires, une canne blanche et chiquer à l'aveugle devant Notre-Dame ? Pas si bête. C'est à peu près tout ce qui me reste d'envisageable comme situation d'avenir.

Pinaud a fini de prier. Il se signe après avoir lu et approuvé. Tourne vers moi son faciès de gâteux content.

— Tu connais ? demande-t-il en désignant la minuscule fosse.

Au lieu de répondre, je questionne :

— Pour qui priais-tu ?

Son sourire marron foncé s'élargit.

— Il faut toujours faire trois vœux lorsqu'on entre pour la première fois dans une église ; l'un se réalise.

— Et tu as imploré quoi ?

Je parle pour enchaîner. Il faut que des secondes, puis des minutes s'écoulent après le traumatisme que je viens d'essuyer. « Tromper le temps. » Tu connais l'expression ? Elle est stupide. Le temps, impossible de le tromper, de l'éluder, de lui passer outre. Il est là, comme une échelle infinie que tu dois escalader. Simplement tu peux tenter de penser à autre chose en gravissant les échelons.

Pinuche hoche sa chère vieille membrane sinistrée.

— J'ai demandé la guérison de mon ulcère à l'estomac, la stabilisation de mon arthrose et que mon épouse meure le plus tard possible, mais avant moi.

— Tout cela est très louable, complimenté-je ; chez toi, l'altruisme est sans cesse sous-jacent.

Béru laisse partir un pet, exagérément répercuté par l'ampleur du lieu. Soucieux de ne pas être catalogué sacrilège, il l'annule d'une génuflexion.

— Quel est le programme des réjouisseries ? s'inquiète-t-il.

— Vous remettez la dalle en place, la mastiquez et pliez bagage.

— On laisse la frime du gazier dedans, œuf corse ?

— Ce type aura au moins un brin de sépulture, car je ne suis pas certain que le solde de sa carcasse soit inhumé en Terre sainte.

Pour me contenancer, j'entreprends de mettre à plat la cabine pliable (que m'aida à construire celui dont la tête gît à mes pieds). Je ne suis pas pressé de retrouver Carson. Après mon magistral coup de verge, la courbe de mon prestige va plonger à pic.

Minuit et demi (ou bien une heure ?) tombe du clocher lorsque nous nous pointons au parking de l'auberge. Je suis archifourbu, écœuré au-delà du possible. Une carrière, je vais te dire : ça n'existe pas. C'est l'illuse d'un moment. Un miroitement. Il suffit de si peu pour qu'elle s'écroule et te laisse le cul dans les touffes d'orties, au pied de ses décombres.

Il est devenu bon à nib, le fameux San-A. Jamais il n'a connu d'échec aussi cuisant.

La vérité, tu veux que je te la dise, toute nue, toute crue et sans plume dans le train ? J'ai trop lambiné. Trop voulu fignoler. La cabine insonorisante ? De la branlette ! Fallait s'attaquer à la dalle séance tenante, y aller d'autor, sans perdre de temps. Au lieu de ça, j'ai chiqué les maîtres d'œuvres. Finassé. Comme un con, j'ai fait des dribbles savants devant mes buts : haute démonstration ! Parfait organisateur, Tantonio ! L'homme qui a du chou, qui balise avant de se poser. Et un malin est arrivé en trombe, a shooté et marqué le but. Maintenant, je regarde la balle au fond des filets (en l'occurrence la tête de Streiger), je me grattouille l'os qui pue (comme dit l'Obaise) et la honte me grimpe de partout, kif les bestioles d'une fourmilière.

Carson à qui j'ai révélé le cuisant échec a détourné la tête pour me cacher sa façon de penser. Mais je la lis sur sa nuque aussi clairement que je la lirais dans ses yeux. Elle me prend pour un bon queutard, mais pour un lavement, question turbin. Son illustre papa a accordé sa confiance à un poulet de grain trop fragile.

Misteur Bérurier, ministre, ouvre le petit réfrigérateur de ma chambre pour y dénicher du réconfortant.

— Tu comptes faire quoi t'est-ce ? grommelle-t-il. T'ostiner ou bien mett'le compteur à zéro et passer à un aut'gendre d'exercice ?

— Je n'en sais rien.

Il déniche quelques petites boutanches échantillons d'alcools forts et doux, les réunit dans un grand verre à bière, en alchimiste expert.

— Faut qu'tu saves, gars. Ma pomme, j'rentre dans mes bercails c't'aprème, biscotte, demain morninge y a Conseil estraordinaire des miniss. On doit débloquer à propos de la Nouvelle-Calédonie, au sujet d'à propos d'ce con d'Edgar Panzani qui s'prend pour Fidèle Castré. Moi, j'précone qu'on l'oblige déjà à s'raser, y f'ra moins marchand d'tapis.

Il écluse son riche cocktail aux teintes jaspées.

— Si tu décides de poursuivre, murmure Pinuche, je peux rester, étant en vacances jusqu'à la fin de la semaine prochaine.

J'enregistre ces différentes déclarations. Mon caberluche est vide, avec un nuage effiloché à la place de la cervelle.

— En ce qui me concerne, je repartirai avant midi, déclare froidement Carson.

Elle continue de fuir mon regard. Sa voix est neutre, plutôt froide. Elle ajoute :

— Je vois mal ce que nous pouvons encore espérer.

Ce qu'elle me tentait, cette fille ! J'étais obsédé par elle. Mon sang se mettait à bouillir quand je la contemplais. Et puis, bon, très bien, je l'ai possédée cette nuit, et, bien que ce fût intense, je conserve de cette étreinte — à cause de ce qui a suivi, sans doute ? — une confuse amertume. Dans le fond, je me suis davantage régalé avec la petite fille de mamie Streiger. Ce fut moins violent, mais d'une volupté plus suave. C'était doux, lent, musical. La flûte de Pan (dans la lune !). Un nectar…

Et mes gambergeries s'enchaînent. Je récapitule, ne voulant pas capituler. La nuit dernière, « les autres » se sont emparés de Streiger. Ils ont dû aussitôt le « questionner » avec leurs méthodes « à eux » pour savoir ce que je foutais avec lui à Bärbach. Malgré son endurance, sa cuirasse, il a parlé. Alors « les autres » ont filé à l'église pour s'emparer des documents et ont décapité l'Allemand et mis sa tête dans la cache : leur signature ? Ils m'ont fait une sacrée farce.

Et tout cela s'est passé à quelques centaines de mètres de la maisonnette où je sautais la petite nièce du nazi. Par une fantastique ironie du destin, ce type au cœur de pierre, qui a laissé pendant près d'un demi-siècle sa mère sans nouvelles de lui, est venu mourir tout près d'elle, *en même temps qu'elle !*

Jolie histoire à raconter, n'est-il pas, sir ?

Je m'arrache à mes songeries moroses.

Un automate, l'Antoine.

Je quitte ma piaule à pas lents.

— Tu vas où est-ce ? demande Bérurier.

L'ignorant moi-même, je sors sans répondre.

Comme je parviens au bas de l'escadrin, une porte s'entrouvre et ma belle hôtesse montre un quart de sa personne opulente, drapé dans une longue chemise de nuit rose, pleine de dentelles noires qui dénudent abondamment sa gorge et ses brandillons.

— Vous ressortez ? chuchote-t-elle en entrebâillant davantage la porte, sa chemise et, j'en mettrais ma main au feu, sa moulasse quinquagénaire.

— Je ne peux pas dormir, je vais prendre l'air.

— Vous ne voulez pas venir bavarder un peu ? propose la chère femme dont les glandes mammaires (et vas-y donc, c'est pas ton père) sont agitées comme les testicules d'un paveur en train de manœuvrer un pic pneumatique.

— J'ai déjà donné, soupiré-je.

Je poursuis mon chemin, lesté de son regard déçu.

La nuit, le bourg, les bruits de l'univers assoupi. Un oiseau nocturne lance un cri pour film d'épouvante. Un autre lui répond, plus loin. Encore une histoire de baise qui se mijote, tu paries ?

Tout est si paisible en apparence, et cependant il vient de se perpétrer des rapts, un assassinat, des fouilles...

Quelque chose me tarabate l'estomac comme une nausée qu'oserait pas dire son nom ; ça ressemble au mariage d'une déprime et d'une crise de foie.

A l'idée de revoir Duck, mon guignol s'accélère. L'homme au smoking va me regarder, et ses yeux formeront une espèce de fourche acérée qui m'embrochera. Je vais...

Je vais, feutrant mon pas afin de n'éveiller personne. Laissons pioncer les honnêtes gens.

Un pied devant l'autre. Tu peux faire le tour de la planète ainsi, en passant par le détroit de Béring, une année où il est gelé.

Je parviens devant le bureau de poste. Voilà le renfoncement au fond duquel se trouve la petite maison rose de feu *Frau* Streiger.

Sur la gauche, l'église où gît la tête de son odieux rejeton. Dans combien de temps sera-t-elle découverte ? Des décades ? Un siècle ? Ça fera un papelard dans les gazettes bavaroises. Une énigme locale. A moins que d'ici là... Le monde, tu sais en quoi ça consiste ? C'est fragile, ces petites bêtes, par les temps qui vont. Missiles (dominiciles), tatomique, tout le *cheese !* Mais où sont les panzers d'antan !

Mes chers pieds m'entraînent en direction de la maisonnette où se lisent de discrètes lumières. Celles de la mort qui demande à être veillée.

J'arrive à la porte et manie le petit heurtoir.

Toc, toc !

Le Petit Chaperon rouge vient m'ouvrir.

Elle est délicieuse, en noir, Heidi. Rien de plus bandant qu'une orpheline : tous les vieux sadiques diplômés te le diront.

Elle réprime un élan de joie, que dis-je : de bonheur ! en me découvrant à la verticale sur son paillasson, là où se tient debout, le matin, la boutanche du laitier.

Ses joues délicatement rose aubépine s'empourprent façon pivoine. Elle a un temps d'arrêt, puis pose sa tête sur mon épaule. Mes grands deux bras se referment sur elle. Je la presse, l'éprouve, la renifle. Elle sent la rose trémière, la paille neuve, la jeunesse.

Nous demeurons un bon moment soudés. Des musiquettes (musiquéquettes, plutôt) retentissent au fond de mon âme comme auprès d'une crèche à Noël.

— Mon petit oiseau d'amour, je lui mouimouille dans l'oreille.

Elle s'écarte de moi, pose un doigt sur ses lèvres, me fait signe qu'elle n'est point seule. A chuchotis imperceptibles, elle m'explique que deux voisines sont venues veiller la morte qu'on enterrera demain. J'y rétorque par le même canal (auditif) qu'excuse-moi, chérie dearlinge, je vais me retirer sur la pointe des nougats.

« Non, non ! elle implore. Venez par ici, au salon, ça vous ennuie de m'attendre dans le noir ? »

« Penses-tu, mon tendron ; ce sera un plaisir. Elles vont bientôt décarrer, tes pies-borgnes ? »

« Pas avant le jour, mais elles somnolent. Dans un moment, je leur dirai que je vais me reposer et je viendrai vous rejoindre. »

Chère douceur ! Rosée éblouissante ! Bouton de vie ! A la regarder, mon écœurement pour Carson (si je puis dire, mais essaie un peu de m'en empêcher et tu verras ta gueule !) croît.

Insensé ce phénomène ! Je la convoitais jusqu'au délire, je la prends, et brusquement, après avoir chopé un panard monstre, voilà que je désaffecte. Qu'un sentiment de rejet s'opère.

Pour dire, on est bien de drôles de machines, les mecs, non ? Tellement bourrés de contradictions qu'on ne peut plus compter sur soi, ce qui est un comble !

Me voici dans la pièce baptisée salon, à peine éclairée par la lune qui se faufile à travers les fentes des volets. Heidi me désigne un fauteuil du type voltaire. Je suis un trop grand admirateur du sire de Fernay pour le refuser. La môme m'abandonne et remonte. Quelle salade va-t-elle bonnir aux voisines ? Je lui fais confiance. Une femelle, même pure comme l'auroch, quand il s'agit de virguler un vanne, ne craint pas pour elle.

Intérieur douillet. Mes yeux s'accoutument aux ténèbres, je distingue une quantité folle de plantes en pots. Des patiences tombantes, des philodendrons escaladeurs, des caoutchoucs vernissés. Et puis des chiées de menus objets de porcelaine ; et aussi des coussins de velours avec le dessus brodé au canevas empilés sur une banquette de bois ancien. Et il y a la classique horloge à balancier avec son sempiternel tic tac. Toute une éternité coagulée dans cette pièce. Des photos de famille aux murs, des chromos niais, et des laideurs kitch durailles à imaginer, qu'il faut vraiment être un Allemand pété pour concevoir ces tarabiscoteries de cuivre ou de faïence.

J'allonge mes quilles, laisse pendre mes rames par-dessus les accoudoirs. Relax, Max ! La vie continue. T'as perdu une bataille, t'as pas perdu la vie. Même perdre la guerre c'est pas grave, pourvu que tu puisses assister à ta défaite. Les vrais baisés sont ceux qui ne peuvent assister à leur victoire pour cause de décès.

Au premier étage, il est, près d'un vieux cadavre, une exquise jouvencelle, fraîche dépucelée, qui m'aime et que je convoite déjà malgré la radada's boum de naguère. Alors, tout va bien, non ? Si on devait se suicider chaque fois qu'on a un os dans le turbin, la moyenne de vie chuterait de cinquante ans.

A l'aise, Antoine ! J'ai bien fait de venir. Il existe de vrais refuges. Celui-ci en est un.

Pas un bruit. Les voisines atteignent la zone de somnolence. Fectivement, je ne tarde pas à entendre un léger grincement en provenance de l'escadrin. La porte s'écarte, Heidi apparaît, exquise silhouette plus sombre que l'ombre ambiante, avec la tache pâle de ses cheveux d'or. Elle referme la porte, doucement, doucement. Comme y a pas de clé ni de verrou, elle amène une chaise dont elle cale le dossier sous le loquet. Oh ! dis donc, elle a des projets, Mam'zelle *Fräulein.* Tu vois, rien que de lui voir prendre cette précaution, j'en éprouve des turlutances dans l'antenne magique. C'est si éloquent. Je respire son désir comme un bouquet de muguet.

Elle a ôté ses chaussures et glisse en pas de patineuse sur le parquet bien briqué. Elle remonte sa jupe noire pour pouvoir se placer à califourchon sur mes genoux. Sa bouche vient voracer la mienne. Tout de suite on éclate. Le courant passe. Tout s'illumine en nous, nos sens sont dare-dare à l'incandescence.

Notre baiser n'en finit pas. On respire en biais, pas l'interrompre. J'ai glissé une main sous le pont de ses adorables jambes et voici ma dextre fofolle qui s'éclate. Tu parles : pas de collants, des bas ! Faut venir en Bavière pour trouver encore ce produit de « consumation ». Oh l'exquis renflement, ce mont émerveillant que ma caresse humidifie ! La joie pure et roide de la volupté quand elle s'impose simplement.

Tête haute, camarade Popol ! Le casque fourbi, la jugulaire à l'aplomb !

Elle s'affaisse (avec deux « f », y a qu'afin' et Afrique, qu'en prennent qu'un, les gars) contre ma poitrine. Haletante. Oh ! le bruit soyeux de son souffle précipité. Oh ! l'odeur de blé mûr de ses cheveux mousseux. Elle est a bout de retenance. S'abandonne totalement. Me naufrage contre. Dans sa posture, pour la décarpiller, faudrait l'en aller de moi ; mais ne puis rompre la magiquerie du moment. Alors, il faut savoir payer le désir. Au diantre sa culotte. Mes mains rapaces la font éclater, doucement, mais implacablement. Poff ! Chers admirables lambeaux que je porterai à mes lèvres tout à l'heure, plus tard, après. Mais ceci est une autre histoire. Mon cher grand zigomard dodelineur irruptionne. Coucou, me voilà ! Ebloui de rut ! Sauvage. Vite ! Vite ! Elle « s'aide » de son mieux, la Heidi chérie, participant à la manœuvre, comme un motard intrépide traîne du genou dans un virage en épingle à cheveux. Et voilà ! Merci. Entrez, vous êtes chez vous, marquis ! Vous prendrez bien quelque chose ? C'est l'instant solennel de l'irrattrapable. En place, en position. La charge héroïque peut démarrer. Mais gâche pas le bonheur, Ernest ! Vas-y doucement, presse pas le mouvement. T'as tout ton temps. Tatou tond tant ! Tâte où on tend ! C'est à elle, d'ailleurs de prendre l'initiative à pleines miches. D'imprimer le tempo. Elle le comprend bien, cette exquise surdouée. L'instinct, chez les petites fumelles, c'est irremplaçable. Tu peux rien contre. Alors la voilà qui se lance mollo, à la paresseuse. Elle me pratique sans le savoir le carrousel viennois.

En haut, deux dadames somnolentes se chuchotent des ragots en présence d'une vieillarde défunte. L'enterrement est pour quelle heure ? J'ose pas le lui demander, c'est pas le moment propice. Mémé, pour l'heure, c'est le cadet de ses soucis, à ma fleurette bavaroise. Elle souscrit aux exigences de son corps tout neuf. Et bravo. Le Seigneur nous a donné l'instinct de reproduction et, pour nous encourager à le pratiquer, Il l'a rendu agréable. Là est Sa grande infinie bonté ; là Son esprit souverain. Mais les mal foutus de la coiffe, les tordus de l'âme, les biscornus de la conscience ont tenté, en édictant des principes moraux, de faire capoter l'intention ineffable de Dieu. Ils ont voulu brimer l'amour, le rendre honteux, le meurtrir avec des cilices. Ils ont décidé, ces tristes nœuds abjects, tordus, grisâtres et je m'en doute bien, fripés, ils ont décidé de bafouer ce présent du ciel en le mettant pratiquement hors la loi ! Ah ! les indignes ! Honte sur eux. Que leurs testicules se dessèchent ! Que toute érection les quitte à jamais pour ce crime de lèse-baisance !

Nous, on a parfaitement pigé le message divin. On le glorifie en usant comme des fous de ce qui nous est accordé.

La voilà qui passe en seconde, Heidi. Puis, sans marquer de palier, en troisième ! Hep ! minute ! Trop de fougue nuit. Je la rappelle à la mesure d'une bonne petite tape sur le dargiflard. Elle pige, ma pouliche et refrène sagement.

On est bien dans l'obscurité de cette pièce chargée de végétaux. Une obsédante odeur de serre à laquelle s'ajoutent celles de la cire et du vieux bois.

Je laisse aller…

J'oublie mes vicissitudes. Les tribulations de la chair sont tellement plus importantes que les autres ! Et soudain, mon abandon cesse. Je n'étais tendu que de l'archet, je le suis du système nerveux tout entier. Faut dire qu'il y a de quoi. Mais une brève explication pour éclairer ta lanterne sourde. Mon fauteuil est tourné face à la fenêtre. Au gré des mouvements d'Heidi, lesquels faut-il te le préciser, sont alternativement ascendants et descendants (as sans dents et dé sans dents), j'aperçois brièvement ladite fenêtre à travers les rideaux à grille brodés d'amours joufflus.

Une seconde chaque fois. A peine.

Et tu sais pas ? Je constate que les volets se disjoignent imperceptiblement. Un rai de lumière extérieur, perpendiculaire, se joint à ceux, horizontaux, des fentes naturelles. S'élargit, puis se rétrécit.

La chose est ponctuée d'un léger grincement.

Pas d'erreur : quelqu'un est en train de forcer les volets !

CHAPITRE IX

La phrase était trop forte pour que je ne change pas de chapitre. C'est le moment aigu que les Ricains passent leur pub dans le feuilleton. La situasse rebondit. Alors eux, plouf! Débandez, m'sieurs-dames! Voilà Cocu Colé à boire glacé! L'enfance du lard, comme disait un porcelet que j'ai bien connu.

Mes deux mains bloquent le délicieux yoyotement de fesses de ma tendre partenaire. Elle doit croire que je lui fais halte parce que Dudule voudrait descendre en marche. Surprise, elle sort ses aérofreins, jugule sa fougue sensorielle, comme l'écrivait Paul Claudel dans *Le Nonce fêta Marie,* me regarde avec des yeux qui, progressivement déchavirent.

— Quelqu'un essaie d'entrer par la fenêtre, chuchoté-je.

Tu crois qu'elle panique, crie au secours, se cache la tête dans ma braguette? Que nenni, mon Kiki. Ce qui lui vient en premier, c'est l'incrédulité.

— Non, pas possible? s'étonne-t-elle calmement en regardant la croisée.

L'ouverture s'élargit. Le gonzier qui craque les volets va bientôt arriver au bout de ses peines.

Nous sommes là, encore l'un dans l'autre, à visionner les exploits d'un mystérieux visiteur nocturne, sans plus piper (si j'ose m'exprimer de la sorte).

Bon ! Il est temps d'appliquer le dispositif d'alerte. Pour commencer, je récupère M. Glandu et le remets coucouche panier. La môme désarçonne.

Froidement, j'appréhende la situasse.

— Tu vas te glisser sous le canapé et ne plus bouger quoi qu'il arrive jusqu'à ce que je t'appelle, compris ?

— Qu'est-ce que vous allez faire ?

— Dépêche-toi !

Vaincue par mon autorité, les nerfs encore trépidants de son désir brisé, dirait Marguerite Yourcenar, elle se glisse, avec son cher petit slip dévasté, sous le canapé de bois. Ma pomme, je m'accroupis derrière une sorte de reposoir tarabiscoté supportant une chiée de plantes en pot que tu te croirais quai aux Fleurs. Je conserve encore pardevers moi le pistolet que j'ai trouvé dans la boîte de peinture de Virginia Salski. Le rends opérationnel en ôtant le cran de sûreté.

Maintenant, à vous de faire, messieurs.

Je devrais être tendu, voire anxieux. Tout au contraire, un chant d'allégresse me trottine par la tronche. Inespéré ! Je m'avouais battu. Tout me semblait foutu. Rome remplaçait Sparte, déjà Napoléon perçait sous Bonaparte... Et voilà qu'au moment du renoncement, alors que je me rabattais sur les joies du guerrier vaincu, c'est « l'affaire » qui renoue avec moi. Car, pas une seconde, je ne doute qu'il soit question du secret de Streiger. Je me dis : « Et s'il y avait eu un os, à l'église ? » Supposons que « quelque chose » ne soit pas éclairci et que « les autres » viennent chez la mère pour essayer de désembrouiller le sac de nœuds ?

Que miel !

Voilà les volets qui s'écartent.

Il leur reste à violer la fenêtre. Tu croirais assister à un documentaire sur l'effraction.

Mes doigts, instinctivement, se crispent sur la crosse du pétard. Pourtant je n'ai aucune envie de défourailler sur les mecs du Shin Beth. Ils ont une tâche à accomplir, une tâche qui leur est beaucoup plus sacrée que ne me l'est la mienne, le Big B. agissant en somme pour le profit. Eux, ils ont liquidé Streiger par esprit de châtiment, pour venger des centaines de milliers de morts qui ne le seront jamais assez. Certes, la suite de l'exécution tourne un peu à la récupération commerciale, ce qui est dommage et ôte de la grandeur à leur justiciance ; malgré tout je leur conserve mon estime. Alors, attendre et voir venir, comme disent les Anglais, en anglais.

Un crissement. Ils découpent la vitre à l'aide d'un diamant de vitrier. Bientôt, une main passe à l'intérieur de la pièce et actionne l'espagnolette. Ça y est : la croisée est béante.

Une silhouette noire, souple comme une panthère, bondit et passe dans le salon d'une détente aérienne. Entre les feuilles en palette du philodendron, je distingue un individu en combinaison noire de mécano, ganté, le chef coiffé d'une casquette sombre dont la visière mesure au moins vingt centimètres de long, et affublé de grosses lunettes teintées. Au reflet de leurs verres, je pige qu'il s'agit de besicles à infrarouge permettant de voir dans l'obscurité comme en plein jour.

L'arrivant se tourne vers l'extérieur et fait un signe. Une deuxième silhouette surgit, un peu plus massive que la première mais équipée de la même manière. Des duettistes. Le premier aide le second à escalader la barre d'appui. C'est duraille car les fenêtres du village comportent toutes des bacs à fleurs contenant des géraniums qui débordent de la façade.

Pendant cet exercice, je note que chacun des deux types porte une grosse ceinture de cuir, façon « cop » ricain, lestée de tout un fourbi plus ou moins évident, parmi lequel un pistolet à silencieux.

Les visiteurs du soir jettent un œil rapide à la pièce. Je me fais le plus mignard possible et retiens mon souffle en espérant très fort que, de son côté, Heidi agit de même. Et puis les deux zigs sortent.

Ils portent des chaussons de cuir à semelles de feutre. De vrais pros, espère ! C'est pas leur première expédition nocturne. La précision de leurs gestes, leur démarche coulée en disent long sur la mise au point de leur technique.

Ils traversent l'entrée et s'engagent dans l'escalier.

— Reste où tu es, mon cœur joli, susurré-je à l'exquise fillette au slip écossé.

Je pose mes tatanes et me lance à la poursuite du tandem.

Au pieds des marches je m'immobilise, l'oreille

tellement tendue que je suis contraint d'entrouvrir mon anus pour compenser.

Là-haut, je perçois des exclamations, puis des espèces de suppliques. Je te parie ce que tu sais contre ce que je veux que mes pierrots discutent avec les braves voisines veilleuses.

La trajectoire, je la pige fastoche, Loloche.

Ils réclament sur Heidi, comme dit mon buraliste.

Les mémés, terrorisées auprès du cadavre, doivent leur bonnir comme quoi la pauvre orpheline est allée prendre un peu de repos dans sa carrée.

La preuve : l'un des types s'y rend.

Nobody ! Il inspecte la pièce. Vide comme le bicorne d'un gagadémicien (excepté celui de quelques potes à moi qu'avaient envie de dictionner en couronne). Alors le gars ressort. Il va descendre, c'est rectal.

Oui : l'v'là. J'embusque dans le renfoncement, près du porte-pébroques. L'homme dévale très vite et silencieusement. Comme il parvient à la dernière marche, il déguste ma botte secrète la plus magistrale. Je dispose d'un éventail assez large de bottes secrètes dont l'efficacité n'est plus à célébrer ; mais celle dont je cause et que j'ai baptisée « la découillante » (car je leur donne des noms comme aux pizzas) constitue la perle de ma collection. S'agit d'un monstre crochet sous les roustons qui continue sa course pour s'achever au menton de l'intéressé. Faudra que je te montre, un jour qu'on aura deux minutes à nous. Tout part de l'épaule. C'est l'élan qui conditionne. Et puis faut viser juste. Chplaoff ! Ton poing percute les aumônières du gus. Surtout, pas marquer de temps d'arrêt. Produire le second effort dès l'impact premier pour remonter le long du zig et aller poser ton poing mignon, plein de belles phalanges de bronze, à la pointe du bouc. Quand c'est réussi cinq sur cinq, l'intéressé n'a pas le temps de dire ouf. Il est bâillonné par la douleur intense et fulgurante, puis soporifié par un ébranlement cérébral mimi en plein. Cette fois — est-ce le fait de mon énervement ? —, je peux te dire que je viens de produire ce qui se réussit de meilleur. Le gars s'écroule net. J'avance mon genou en équerre pour amortir sa chute. Mais il a son compte.

Je m'aperçois qu'il est muni de menottes, lesquelles sont maintenues à sa ceinture par une gaine de cuir. En homme d'expérience, je les dégage et lui entrave les bras dans le dos. Un dernier coup de saton dans le temporal manière de pas lui marchander le sirop d'absence, et bon, c'en fait un de moins.

Faut aviser avec mister *Number two.* Continuer la cueillette sans temps mort ni trompette. Alors, youp, youp, au premier !

En trois enjambées, mais en m'agrippant à la rampe, je m'hisse. La porte de la chambre funéraire est restée entrouverte. J'aperçois deux grosses dondons avec des chignons comme on n'en fait plus depuis la révocation de l'édit de Nantes, bien posés à la Guillaume Tell sur le dessus de la tronche. Elles sont blafardes, les mères. Les lèvres grises d'émotion. Le plus corpulent des deux loustics me tourne le dos et les couvre de son feu. Je tiens mon propre pétard par le canon et je me précipite sur lui. Il se retourne. Quels réflexes, madoué ! Avant d'avoir réalisé le danger, il praline déjà, l'Indien ! Quel vilain méchant ! C'est si fulgurant que l'une des deux dames déguste la première bastos. La seconde part à dame dans le globe de verre qui protégeait jusque-là la couronne de fleurs d'oranger que mamie Streiger portait à son mariage ; la troisième me troue le rembourrage du veston ; et c'était moins juste parce que si je n'avais pas bondi, j'accusais réception en plein poitrail et y aurait fallu m'épingler une décoration (moi qu'ai horreur) pour masquer le trou.

Ma crosse d'airain finit sa course sur la nuque du cruel. Ça le titube mais il ne tombe pas. Alors j'acharne du panard. Paoufff ! dans les côtelettes. Je dis paoufff ! parce que j'aime bien les onomatopées écrites, malgré que je sois pas un client des bandes dessinées. Ce vermisseur est groggy, et pourtant, il s'obstine à vouloir homicider. Il est de ces fauves terrassés qui cherchent encore à mordre et à griffer.

Alors, il tire ! Tire...

Il avait un chargeur de huit. Ça part dans le plancher, dans la deuxième mémé, dans le portrait de Hans Otto Streiger, le grand-père *Feldwebel,* mort à Verdun en tant qu'uhlan, dans la table de nuit recelant un pot de chambre datant de la guerre de soixante-dix, et encore dans les pauvres dames veilleuses, que merde, elles auraient dû rester devant leur Dubonnet !

Quel sauvage, ce type.

Tiens, rrrran ! Cette fois, je lui fêle la coquille et il reste *out.*

San-A, vainqueur par k.-o. Mais à quel prix !

Bon, par quel bout attraper ce carnage ?

Je respire un grand coup l'air saturé de poudre.

A cause du silencieux, tout s'est passé sans tapage.

Dans son lit, Mémé continue d'éterniser, avec sa mentonnière du dimanche et ses mains jointes sur un crucifix. L'une des braves femmes à chignon a dérouillé sa bastos au-dessus de la lèvre supérieure et ça forme un étrange trou entre la bouche et le nez. Un trou duquel sort le râtelier brisé. C'est plein de sang et elle est aussi morte que sa vieille copine allongée sur le plumard. La deuxième pleureuse râle à gros flocons du fait qu'elle en a ramassé une dans un poumon. Ça la gêne pour rigoler, crois-moi. Une mousse terrifiante lui sort de la bouche. Elle clape si mal qu'elle décide d'arrêter là ses efforts et va rejoindre les deux autres au paradis des commères.

Ben dis donc : ça se dépeuple rapidos, Bärbach, moi je trouve.

Mon second tagoniste possédant le même équipement que son acolyte, je lui mets à son tour ses menottes.

Et maintenant ?

Dis, quel sale temps ! Je vais m'arracher comment de ce tas de merde ? Va y avoir un sacré cri dans toute l'Allemagne. Et ça débordera des frontières.

Il est pas frais mon avenir.

Je vais sur le palier et je hèle Heidi.

— Tu peux venir, mon âme ; j'ai fait le ménage !

Façon de parler. M'est avis que le plus gros reste à faire.

La mignonne sort du salon et hésite.

— N'aie pas peur du vilain, il est inoffensif.

Elle contourne le mec, effrayée d'avoir ça sur son beau parquet fourbi. Quand elle parvient au premier, je la saisis dans mes bras et la berce doucement.

— Et l'autre ? souffle-t-elle.

— Je l'ai neutralisé également. Seulement, le bougre a mal pris la chose et a fait des dégâts.

— Je vais voir.

— Attends, il n'a pas seulement cassé le globe de verre et troué la photo de grand-papa, il a aussi un peu tué les voisines.

Elle se voile les yeux.

— Oh ! mon Dieu ! Ce n'est pas vrai !

Je lui montre le désastre de Pavie. Elle regarde avec l'hébétude des accidentés gisant sur le talus et se met à sangloter.

— Je sais, mon lapin, je sais, c'est terrible lui dis-je ; mais il vaut mieux qu'il ait tué ces vieillardes que toi, cher ange d'amour !

— Sans vous !... hoquette-t-elle.

Sans moi, elle gardait son berlingue, mais perdait peut-être la vie.

— Viens, allons dans ta chambrette.

— Il faut prévenir la police !

— Rien ne presse, essayons auparavant de faire le point, chérie.

Vaincue par ma douce autorité, elle m'accompagne dans la pièce voisine.

Pour commencer, je la cajole un peu. Elle tremble de saisissement, la pauvre petite fille.

Alors : mimis brûlants sur la nuque, main glissée par les échancrures, salut aux loloches palpitantes. Tout doux ! Tout doux...

— Mais qu'est-ce qu'ils voulaient, ces sales gens ? finit-elle par demander.

— Justement, c'est que qu'il faudrait parvenir à déterminer avant de donner l'alarme. Une fois la police sur les lieux, nous perdrons le contrôle de la situation. Or, il est essentiel que nous sachions, Heidi.

— En faisant quoi ?

— En le leur demandant quand ils reprendront leurs esprits.

— Vous croyez qu'ils vous le diront ?

— Il faudra bien. Auparavant, je vais m'assurer qu'aucun complice ne les attend ; reste dans ta chambre je serai là dans quelques minutes.

Elle m'agrippe à pleines mains.

— Vous reviendrez, c'est sûr ?

— Tu n'as plus confiance en moi, après ce que j'ai fait ?

— Si.

Je lui décerne une grosse pelle vorace qu'elle a bien méritée de la nation.

Les abords sont silencieux. Tu croirais jamais, à confier ta frimousse à la brise nocturne, qu'on vient de trucider des gens dans la maisonnette rose derrière la poste. Non plus qu'une tête de nazi usagé gît sous une dalle de l'église.

Ma courte inspection me permet de découvrir une moto garée dans un coin d'ombre. Une mille cm^3 de marque japonouille, avec deux fontes de cuir que je m'empresse d'explorer. L'une contient un petit émetteur de radio, japonais lui aussi, car désormais, dans la technique de pointe, tout ce qui n'est pas japonais est nippon. Dans la seconde sacoche, je découvre une grande boîte de fer à manette dont l'intérieur est capitonné de feutrine, comme celles qu'utilisent les photographes pour coltiner leurs objectifs délicats. Mais au lieu d'appareils photos, la mallette d'acier contient de grosses ampoules de verre pleines d'un liquide blanc. Aucune étiquette ne renseigne sur leur contenu. Je referme la boîte et l'emporte dans la maison avec moi.

Le gazier du bas a repris ses esprits, et lorsque je reviens, il est en train de ramper en direction de la sortie.

— Pars pas, fiston, tu vas rater le meilleur ! lui fais-je.

Je le débarrasse de sa gapette à longue visière et de ses verres teintés, ce qui permet de constater qu'il est jeune, probablement arabe, et aussi courtois qu'un crocodile dont M. Hermès voudrait faire un sac à main. Son regard est minéral, d'un noir absolu, avec une brillance incommodante.

Moi, décontracté, je saisis la chaîne des menottes, bande mes forces, et me mets à le coltiner comme une grosse valoche de ma main libre.

Parvenu au premier, je le balance sur le plancher, au côté de son pote toujours inanimé. Faut dire que je lui ai pas fait de cadeau, à ce deuxième lascar, et que mon coup de crosse aurait troué le blindage d'un char d'assaut. Le vilain bruit qu'il émet ne me dit rien qui vaille.

Je le démasque à son tour. Lui aussi est jeune, mais il ne s'agit pas d'un Arabe. Il est rouquin pire qu'un incendie de forêt, avec un bec-de-lièvre rose, et une peau dégueulasse, criblée de petits trous : variole ou chevrotines ?

Dans les cas coriaces, un interrogatoire, ça commence pas par petit a, petit b. Il n'a de chances d'aboutir que lorsqu'il déroute.

— J'ai trouvé ça dans la moto, mec. Tu me racontes ce que contiennent ces ampoules ?

Il me regarde sans frémir, et son regard doit commencer à percer ma figure comme deux poinçons.

Ce mal élevé me déclare alors, en anglais d'Oxford ou de Fayrlhuir, qu'il me sodomise avec un bâton trempé dans de l'harissa, que je suis issu du croisement d'une chienne et d'un porc et que si un fâcheux contretemps ne lui permettait pas de me trancher les testicules et de me les faire manger, des amis à lui suppléeraient cette carence.

Je l'écoute gravement et opine.

Ensuite, je m'assois en tailleur près de lui.

— Je comprends parfaitement ton point de vue, assuré-je, malheureusement pour toi, le mien diverge, et comme c'est moi qui tiens le couteau par le manche, c'est toi qui risques de saigner.

La gentille Heidi montre le bout de son joli nez.

— Chérie, lui supplié-je, tu veux bien nous préparer du café ?

Elle opine. Ses yeux effarés s'attardent un instant sur l'affreux spectacle de ces mortes et de ces hommes entravés. De quoi hurler ! Ou bien s'en foutre. Trop c'est trop, non ?

— Surtout, ne change pas de culotte, ajouté-je, avant de la laisser partir, car je compte terminer ce que nous avions si bien commencé avant l'arrivée de ces messieurs.

Paroles réconfortantes. A son âge, le plaisir prime tout, et les filles de forte sensualité préfèrent un bon « Tiens, fume », à deux « Tu l'auras dans le train ».

Heidi exit.

J'ouvre la mallette aux ampoules.

— Puisque tu refuses de me dire ce dont il s'agit, je vais devoir me livrer à des expériences.

Je tends la main en direction de la petite table de chevet supportant le pot d'eau bénite dans lequel macère un rameau de buis. Elle est recouverte d'une plaque de verre découpée à ses dimensions, et maintenue en place par des pinces en acier semblables à celles qui fixent les nappes des restaurants à prix fixe.

Je pose la pince comme un binocle sur le pif de mon client. Dès lors, il est obligé d'ouvrir la bouche pour respirer. Il tente bien de secouer la tête, mais la pince vaut celle d'un homard catégorie poids lourd.

Me saisissant alors d'une ampoule, je la lui fourre de force dans la clape.

Il étouffe de plus en plus. Une immense terreur est apparue dans son regard. A la manière dont il a cessé de se trémousser et dont il garde la bouche ouverte, je déduis que le contenu de l'ampoule ne doit pas être un dérivé du sirop d'orgeat.

— Ecoute, blondinet, avec cette poire d'angoisse dans la gueule, évidemment, tu ne peux plus jacter ; si tu es d'accord pour qu'on cause, fais-moi signe ; alors je te la retirerai. Sinon, je te file un coup de saton très sec sous la mâchoire et l'ampoule se brise dans ta bouche. Si par hasard t'es d'accord dans un premier temps mais que tu refuses de parler dans un second, vite fait je te la refourre dans le bec et te tire mon penalty sans te laisser une deuxième chance. Ça marche ?

Alors tu sais quoi ?

Non, franchement, faut t'y dire ?

T'exiges ?

Bon.

Eh bien, magine-toi que ce zig convulse de toute la frime. Son regard vire au blanc. Il parvient à émettre un grand cri et, volontairement, fait éclater l'ampoule entre ses chailles.

CHAPITRE X

C'est bizarre, les réactions humaines, non ? Je le serinerai jusqu'à plus soif, c'est-à-dire jusqu'à la fin de mes jours.

Voilà un gars fou de terreur, qui, placé devant un marché, trouve le moyen de se sacrifier par panache, refusant de se soumettre à la force. Délibérément, dépassant sa peur, il plonge dans la mort.

Chapeau.

Je suis pas du genre fanatique, moi. J'ai toujours trouvé que le député Baudin était le roi des cons d'avoir voulu montrer comment on meurt pour 25 F. N'empêche que les bonzes qui se font cramer, les kamikazes fonçant à bord d'une torpille sur un barlu, ou les terroristes qui précipitent un camion bourré d'explosifs contre un bâtiment m'impressionnent. Ce sont des anormaux. L'homme est fait pour vivre et préserver sa vie par tous les moyens. Qu'il l'offre à une cause, voire à un instant d'exaltation, je trouve la chose assez phénoménale.

Remarque que, sur le moment, j'ai pas tellement l'opportunité de philosopher. Le liquide de l'ampoule est un explosif puissant, du style nitroglycérine, et pour le coup, la chambre mortuaire de Mamie Blues ne ressemble plus à grand-chose. D'abord, la tête du sabordeur n'existe plus. Y a son buste avec un trou et, chose curieuse, ça ne saigne pas tellement. Ensuite, mes fringues sont roussies par le souffle et j'ai des flammèches dans les cheveux. Ensuite, le plumard de la maman Streiger se met à flamber, et aussi la carpette. Je pige que ce qui m'a sauvé, c'est ma position accroupie. J'eusse été à la verticale, je serais coupé en deux au moment où je t'exprime, car l'explosion s'est opérée en forme de cône. La suspension est pulvérisée, les rideaux, les objets fixés au mur (pauvre grand-papa uhlan, définitivement anéanti).

Fissa, je m'éteins avec ce qui me tombe sous la pogne. Ensuite de quoi, je jugule l'incendie débutant. Fumée épaisse, âcre odeur... Sang et feu ! La mort ! La mort !

Merde ! Le copain du héros est une torche sur le plancher. Je virgule Mamie de son plume pour emparer le matelas (c'est macabre, ce *book,* je t'en écrirai un avec plein de fleurettes et de bébés roses la prochaine fois). Je flanque la pièce de literie sur l'enflammé.

En bas, Heidi hurle pour de bon, cette fois. Elle veut savoir mais elle n'ose pas grimper. Elle craque, la pauvre adorée ! Faut que je m'occupe d'elle.

— Ne t'inquiète pas, ce n'est rien ! lui lancé-je depuis le palier, je descends tout de suite.

Dernière inspection de la chambre dévastée. Tout le monde est mort, oui ? Les vivants levez le doigt ! Personne ? Bon. Le feu m'a l'air bien éteint.

Je referme la porte en partant, because les

courants d'air perfides susceptibles de ranimer le foyer.

Machinalement, je récupère la valdingue. Un réflexe de flic.

Cette fois, je ne sais plus du tout où j'en suis.

Le plus joyce, c'est qu'on boit le café, elle et moi, en devisant. Comme si tout allait poil-poil, comme s'il n'y avait pas cinq morts à l'étage au-dessus, comme si la chambre n'était pas mise à sac et à demi carbonisée. Comme si l'aube qui se prépare était une aube comme les autres, avec un soleil timide pour aviver les géraniums des fenêtres et faire chanter les façades du bourg.

Je commence à piger qu'il y a une erreur d'aiguillage de ma part : ce n'est plus le Shin Beth qui est sur cette affaire, mais une autre organisation dont les desseins sont autres. Il est évident que les lascars, arrivés ici à moto cette nuit, sont ceux qui ont « récupéré » Virginia Salski à l'hosto. Or, l'un d'eux est arabe. Ces gens se sont branchés sur le coup pour obtenir les documents Bruckner. Comment ont-ils appris leur existence ? Mystère. Ils ont parfaitement joué leur partition : se sont emparés de Streiger, l'ont fait parler, l'ont liquidé ; et puis se sont aperçus qu'il manquait quelque chose d'essentiel à leur butin. Quelque chose qu'ils croyaient pouvoir trouver chez les deux femmes.

Quoi ?

Je souffle sur ma tasse brûlante. Une énorme tasse de grès, avec des fleurettes peintes.

— Vous êtes marié ? demande Heidi.

Non, les gonzesses, je te jure ! Une question pareille, avec des cadavres plein sa maisonnette !

Une question pareille alors que dans quelques heures elle sera en butte à tous les flics de Bavière et à tous les journalistes d'Allemagne.

— Non.

— Vous avez quelqu'un ?

Je réfléchis.

C'est quoi « avoir quelqu'un » ?

— J'ai ma mère que j'adore.

— Et une fiancée ?

— Pas exactement.

— Comment cela ?

— Il y a une fille qui m'attend, persuadée que je l'épouserai un jour. C'est plus et moins qu'une fiancée, c'est autre chose.

J'essaie de lui résumer Marie-Marie : nos étranges rapports, ces liens puissants qui nous entortillent sans toutefois nous unir réellement.

— Vous l'aimez ?

— Probablement. C'est bizarre... Je ne tolérerai pas qu'elle soit à un autre, et pourtant je ne me sens pas son mari.

Un temps. Quelque part, un coq chante en allemand. Je regarde ma tocante : elle raconte quatre plombes et des.

— Je me demande ce que je vais devenir, rêvasse Heidi.

Elle n'a pas peur, elle ne geint pas. C'est une simple question qu'elle se pose, consciente d'être embarquée dans une curieuse galère.

— Il va y avoir du remue-ménage, bien sûr, et puis les choses se tasseront.

— Pourquoi ces gens sont-ils venus ?

Je n'hésite pas :

— A cause de ton oncle. C'était un criminel de

guerre nazi ; beaucoup ont oublié mais certains se souviennent encore.

— Ils le recherchaient ?

— Oui. Vous étiez constamment surveillées, ceux qui en avaient après lui jouaient sur les grands élans humains et espéraient qu'il viendrait embrasser sa mère avant qu'elle ne meure.

— Et il n'est pas venu !

— Non, il n'est pas venu parce que c'était un authentique fumier.

— Pourquoi parlez-vous de lui au passé ?

Tiens, elle a du chou, la gosse. Merde ! Vivre ce qu'elle est en train de vivre et conserver la tête froide, c'est pas tout le monde !

J'avale le caoua lourd et parfumé, cent pour cent arabica ! Ça me brûle le conduit de descente. Opération coup de fouet.

— Heidi !

Elle me regarde.

— Je ne t'oublierai plus.

— Moi non plus.

Le coq bavarois remet la gomme plein tube. Il en casse comme quoi il est régnant, et qu'il va faire jour bientôt, et que ce sera la fiesta pour ces dames poulettes ! Te les chaussera d'importance, le bougre, en les saisissant par la crête !

Je reconnais sa voix : il égosillait déjà naguère. Je planterais ma tante dans ce bled, je sens qu'on deviendrait potes, lui et moi. On a le même tempérament.

— Heidi, ta grand-mère te parlait de son fils disparu ?

— Tous les jours.

— Que t'en disait-elle ?

— Qu'elle était persuadée de son retour. Chaque fois qu'on entendait frapper à la porte, elle pensait que c'était lui. Quand elle apercevait une silhouette dans la rue, elle sursautait.

— Malgré ce presque demi-siècle écoulé, elle continuait d'espérer ?

— C'était plus que de l'espoir : une certitude. Elle le « sentait » vivant, je vous l'ai déjà dit. Ces derniers jours, elle avait des périodes de demi-inconscience et lui parlait ; elle le remerciait d'être venu. Elle lui disait que tout était intact et qu'il pouvait descendre voir...

Mamma mia, qu'est-ce qu'elle raconte, Heidi ?

Un trait de lumière.

De feu, plutôt !

La vieille était certaine du retour de son garçon parce qu'elle conservait une chose qu'il lui avait confiée ! Elle croyait davantage à l'intérêt qu'à l'amour. Ce bandit de Streiger reviendrait chercher un jour ou l'autre la chose qu'elle détenait.

Heidi continue de parler, comme une source murmure (j'ai lu la phrase dans un article de Jean-François Revel et je la lui pique, tant pis pour lui, il avait qu'à la déposer), mais je ne prends plus garde (barrière) à ses paroles.

Je reste bloqué sur la phrase : « Elle lui disait que tout était intact et qu'il pouvait descendre voir. »

Elle se répète dans ma tronche, sempiternellement, comme tombant d'un disque rayé.

« Elle lui disait que tout était intact et qu'il pouvait descendre voir... »

— Heidi !

Elle cesse de jacter, soudain inquiète en me voyant le regard à cent mille années-lumières d'ici.

— Heidi, Mamie t'a-t-elle jamais parlé de quelque chose, papiers ou objet, que serait venu lui confier son fils avant de disparaître lors de la défaite allemande ?

Toujours une tronche nickel, la gosseline d'amour.

— Chéri, me dit-elle, qui êtes-vous ?

Bonne question à cent marks. Si je bats à niort, elle perdra confiance en moi et se recroquevillera. Faut lâcher du lest, mon bijou. Lui faire une petite livraison de vérité, à valoir sur la grande, l'intégrale.

— Je suis un policier français qui travaille en pool avec les services américains pour mettre la main sur une invention que s'était appropriée tonton.

— C'est pourquoi vous m'avez séduite ? questionne-t-elle tristement.

Comment lui faire croire que c'est inexact ? Que c'est le hasard seul qui nous a mis en présence ? Que j'ai été abasourdi en apprenant, hier, que je me trouvais chez maman Streiger ? La vérité est parfois difficile à exprimer.

— Si je vous jure que non, vous ne me croirez pas, Heidi. Et pourtant je vous jure que non, sur la tête de ma chère maman. J'ignorais que la mère de Streiger fût encore vivante et, a fortiori, qu'il avait une petite nièce délicieuse.

Ses yeux mélancoliques m'expriment les efforts qu'elle fait pour me croire. L'amour rend crédule.

Elle ne demande qu'à me filocher le train, la mignonne.

Je vais à elle, l'oblige à quitter son tabouret et l'étreins farouchement. Elle sent le propre, l'amour. Ma paluche repart à son assaut. La culotte éclatée est un objet inanimé qui a donc une âme. Et quelle ! Je lui bouffe la gueule, Ninette. La presse contre tout moi, m'en fais un tricot Thermolactyl, un cataplasme. Mes doigts experts lui disjoignent les pétales. Quelle magnifique rose ! Tout enrosée. Merveille. Laisse aller, ma gosse, c'est pour ton bien que mon marteau travaille. Je te vais passer au pilon, future gourgandine encore mal déballée. Tiens, tu vas voir, accoude-toi seulement sur la paillasse de l'évier ! Mon grand air « Ris donc, Paillasse » Ris donc de tes malheurs ! Ris de ta face ! De tes fesses ! Le salut aux couleurs ! Bitoune *über alles !* Oui, ma poule, en « V » retourné, t'as tout pigé. T'es coopérante tout plein. Un vrai velours. On croirait jamais qu'il y a pas trente-six plombes t'étais berlinguée comme un escarguinche en hibernation ! Déjà, on rentre chez toi comme dans un moulin. C'est ça : plus haut les noix, fillette ! Tu sais que t'as un Q.I. de surdouée, le sens inné de la brosse ; ça ne s'apprend pas, ou mal. Faut le don naturel. Mozart ! Tu mozardes divinement. T'as la fougue farouche, le coup de hanches déterminant. T'es participante à cent pour cent. Lorsque tu auras fait le tour des techniques, t'auras plus de succès que la Swatch. On te réclamera sur les cinq continents. Ton blaze figurera sur les carnets d'adresses les plus huppés. On causera de toi dans les soupers officiels. Tu épongeras les glands de ce monde : le corps diplomatique en tête (de nœud) comme toujours, et puis les grands politicards blasés, monarques plus ou moins républicains ; tu te feras embroquer par de vrais rois, qui sait ? Des Noirs, des Jaunes, des roses. Je lis dans les lignes de tes fesses, poupée tendre. Je lime dans ton destin.

Et tout en bavouillant, incorrigible que je suis, je réfléchis à la drôle d'histoire que nous vivons toi et moi. Je cherche à deviner pourquoi tonton Streiger avait réparti son butin, le butin Bruckner, en deux parties. L'une qu'il a placée sous la dalle de l'église, et l'autre chez sa vieille. Pas mettre ses œufs dans le même panier ? Je crois pas. Je ne « sens » pas comme disait sa pauvre mamie à propos de sa mort supposée. La planque de l'église. Un drôle de loustic, ton fumier de tonton, ma belette jolie.

Attends, je te place, là, un coup de reins fuligineux qui va te faire glapir à la lune. Vlan ! Et voilà ! T'as poussé ton chant d'alouette. Je t'avais prévenue : l'Antonio connaît bien sa partition. Et maintenant, je te vais électriser l'hémisphère austral en chipatant des doigts sur ta concavité à mollusque. Ah ! tu gazouilles, mon ange. C'est chouette, hein ? On en redemanderait ! T'en redemandes ? En revoilà !

Attends, c'est pas finito. Je connais encore bien d'autres trucs. Si je les nomenclaturais, ça donnerait le catalogue de la défunte Manufrance dont la France entière porte le deuil.

Mais qu'est-ce que je pensais ? Oui, la double planque de Streiger. Du moins, est-ce moi qui échafaude cette hypothèse. Mais admettons. Je suis bien obligé de pousser mon raisonnement, non ? Sinon je ferais du *home-trainer* avec mon ciboulot, et l'immobilisme cérébral, y a rien de plus néfaste. T'ankyloses des cellottes. Tu flasques de la matière grise. Ça tourne au calandos trop mûr, sous ta coiffe !

Je pensais donc à deux cachettes. L'une sous la sacrée dalle de l'église, l'autre quelque part chez maman. Pourquoi ? Attends, je jute ! *Parce que sous la dalle, il n'y avait pas suffisamment de place pour tout contenir.* Ça se tiendrait, non ? Maginons un truc volumineux. Ou plutôt, non, bouge pas : l'invention de Bruckner est en deux parties. Il y a les documents papiers, et puis un appareil, un engin, un truc, un machin, un objet, quoi. Et ce dernier est trop long pour être planqué dans la cavité de l'église qui n'est profonde que de cinquante ou soixante centimètres. Il dépose là les plans, le technique. Le reste, il a pas le temps, en pleine déroute, ayant Ruskoffs et Ricains aux meules, de se fignoler des cachettes top secret, le gueux. Bon, tant pis, cela, ce sera pour la mère. De toute manière, il faut les deux parties. Il est certain de la première planque, advienne que pourra pour la seconde.

Et ma pomme de continuer mon petit baisouillage savant sur l'air des scieurs de long dans la forêt finnoise. Ninette repâme. Arrive au bord du fade, le refoule pour savourer plus mieux encore. Je te jure, y a que les futures très grandes pineuses qui sont, d'instinct, capables de ça ! Je lui confirme son apothéotique avenir dans le pain de miches à cette Manon bavaroise.

Bon, c'est pas le tout, je vais pas lui tourner un documentaire sur le zizi-panpan-dans-la-lune à travers l'âge de foutre (celui de Pierre, tu le connais : il a deux ans de moins que moi !). On va conclure par le planeur fantôme, ça plaît toujours. Il a jamais essuyé de reproches avec cette figure libre, l'Antonio. Aucune greluse qu'ait protesté une seule fois comme quoi ça la blousait de fade le moindre.

Je commence par le vol du gerfaut, décrivant des paraboles (de riz) avec légers mouvements ascensionnels dus aux appels d'air. Et puis c'est le lent piqué tatouilleur. Et miss Gretchen sérénade comme sur la scène de la Scala de Milan. Je suis un milan qui lui agrippe le michier. Attention ! Elle décarre. J'opère le botté final, total, sec, comme l'officier remet sa rapière au fourreau à la fin de la prise d'armes. Tchloc !

La chérubine crie « Maman ! » En allemand, elle en a d'autant plus de mérite. Sa pauvre maman défuntée depuis si longtemps, chère orpheline !

Je libère le territoire. Vaincue, elle se laisse glisser à genoux devant l'évier comme devant un maître-autel. Sa joue est appuyée contre la porte du placard à poubelle. Groggy, la gosse.

Y a ce délicat moment de confuse hébétude. Les bébêtes sont de retour soûlées de plaisir, penaudes d'en avoir fini, les bébêtes aux sens essorés et pendantes...

Oui, elle semble abîmée en prières, Heidi.

Son être comblé crie grâce et implore le repos.

Pour me rafraîchir l'asparagus, je passe dans la salle de bains ; logique. Tu verras jamais, au cinoche, des amoureux qui blablutionnent après le radada. *Post coïtum animale crados.* Moi, si. Propret comme un sou neuf, Tonio. Faut, quand on t'a surnommé « le grand raide ».

L'eau fraîche et Cadum préservent ma vigueur de troncheur d'élite. Et ma pensée à quatre pétales continue de survolter jusqu'au point de disjonction.

Revenu à la cuistance, j'aide la gosseline à se redresser. Elle dort debout. Je la drive au salon, l'allonge sur le canapé. Ses yeux se ferment.

— Tu vas te reposer, mon bel amour allemand, lui soufflé-je dans les cages à miel. Je te demande juste un dernier effort. Tu m'entends ?

— Oui...

— Grand-mère a dû te parler de ce que ton oncle est venu lui confier avant de disparaître ?

Son souffle régulier m'indique qu'elle dort. Je la secoue avec mesure (à deux temps).

— Réponds, Heidi. Mamie a fatalement mentionné que tonton Streiger a déposé quelque chose d'important ici au moment de la défaite ?

— Hmmm... Oui...

— C'était quoi, ma reine de volupté ?

— Je ne sais pas...

— Et ça trouve où ?

— Ici...

Elle pionce pour de bon. Epuisée... Des heures de veille, du drame, de la baisance en pagaille, des émotions fortes, les nerfs mis à rude épreuve. Tu voudrais qu'elle résiste ? C'est l'écroulement. Ma levrette-*party* a eu raison de ses ultimes forces, a liquéfié ce qui lui restait d'énergie.

— Ici, dans ce salon ? insisté-je odieusement.

Mais elle est totalement inconsciente, perdue

dans les abysses d'un sommeil voisin de l'évanouissement.

Faudrait lui balader une lampe à souder sur la plante des pieds pour l'arracher de là. N'ayant ni lampe à souder ni le tempérament d'un tortionnaire, je la laisse dormir, poussant la galanterie jusqu'à la couvrir avec le dessus de table brodé.

Mains aux poches, je pivote lentement sur mes talons. Je me répète : « c'était trop gros pour être enfoui sous la dalle, la gosse ignore ce dont il s'agit, donc ça s'incorpore à l'habitat... »

Elle a dit « ici ». Elle entend la maison ou seulement cette pièce ? Putain de bourrique baiseuse, si tu pouvais au moins m'affranchir sur ce point !

Curieux qu'elle sache que tonton a laissé quelque chose mais qu'elle ignore quoi ? Mamie tenait sa langue. Craignait que l'adolescente ne se confie à quelque amoureux. Les filles, tu les connais ? Le feu au cul, prêtes à brader le domaine pour un coup de braque !

Devinette : supposons que « le machin » en question se trouve dans le salon ?

Cherche, Sana.

Et trouve.

Vas-y méthodiquement.

Sors, et entre !

Je sors, j'entre. Pas en plein : je demeure dans l'encadrement. Commence par la gauche et explore centimètre par centimètre.

Bon. La desserte. En noyer ouvragé. Loupe de noyer. A l'intérieur : vaisselle. Le bas du meuble ne comporte pas de double fond, t'es sûr ? Parfait. Et sous le meuble ? Rien ? Pas même des moutons ? D'accord. Dessus ? Des objets vieux et cons : souvenirs, souvenirs. Le kitch chleuh ? Le pire. Il l'est doublement. Après la desserte, un fauteuil. Soulève-le. Poids normal. Palpe-le... R.A.S. Examine-le... N'a pas été traficoté le moindre. Continue... Une patère austère. Pourquoi une patère dans un salon ? Parce que rien. Chacun ses marottes. Faut dire que celle-ci est en ébène, avec des incrustations de bois plus clair formant une fresque florale. Cela dit, elle est de bon aloi, Eloi, la patère. Voyons ensuite... Ah ! l'horloge ! Dans *Goupil Mains-Rouges,* la cachette du magot c'était le balancier en or. Donc, étudions le balancier. *Nein,* il est normal et la caisse est vide. Au canapé, à présent ! Sans importuner la dormeuse, je le sonde, mais il est absolument sans mystère. La caisse du philodendron lui succède. Je fouille la terre et rencontre un monstrueux écheveau de racines pareil à un nœud de serpents stratifiés. Ces racines ont bouffé presque toute la terre qui leur assurait vie. Elles doivent s'auto-alimenter, c'est pas Dieu possible ! Les pots des autres plantes sont trop mignards pour receler quoi que se soit.

Voilà pour le pourtour du salon. Ne reste plus à étudier que la table, au centre, et les quatre chaises recouvertes de tapisserie.

Mais, dis-moi, cette table en marqueterie a un unique pied central très large, et un socle épais sur lequel elle repose. Je la fais basculer de manière à la mettre à la renverse et entreprends de dévisser tour à tour le socle et le pied. Quelque chose me dit que je brûle. Mais le quelque chose en question se fout le doigt dans l'œil car les deux éléments sont creux et vides. Pourtant, merde, quelle belle planque ils auraient constituée !

La môme en écrase comme si on lui avait piquouzé la tuyauterie au penthotal. Telle qu'elle est partie, elle en a pour vingt-quatre plombes avant de remonter ses stores. Seulement, dans pas longtemps, les familiers des deux voisines scrafées vont s'inquiéter et venir aux nouvelles. Alors ce sera le départ d'une fameuse corrida. J'entreprends de remettre la table dans sa position normale ; ce qu'elle est lourdingue ! Tellement qu'elle me ripe des paluches et que je manque de la lâcher. Ça vient du tapis placé dessous qui a glissé sur le plancher trop briqué.

Je m'efforce de relever la table et c'est en m'arc-boutant que ça me saute aux châsses. Libéré du poids du meuble, une lame du parquet rebique comme une plume de queue de canard. Lla ! Tu mordrais le beau commissaire ! Un naufragé du désert voyant sourdre un peu de flotte du sable brûlant.

J'écarte table et tapis, me jette à genoux, joue du couteau. Me faudrait des outils plus compétitifs, mais ma frénésie me retient d'en chercher, comme si m'absenter un instant risquait de compromettre mes recherches. J'attaque à lame blanche, vite ébréchée. Dès qu'il m'est possible de saisir la lame du parquet, je tire dessus à m'en faire péter la peau des doigts. Craaaac ! Ça vient. A sa voisine à présent. Plus fastoche car je dispose d'une prise plus zaizée. Rrrran ! Recraaaaac ! Sous le plancher, il y a un panneau de contre-plaqué qui sonne le creux pire que ton front. Le défonce du talon... Une cavité. Je coule la main, l'avant-bras... Finis par palper un papier huilé. S'agit d'un paquet attaché avec une ficelle de chanvre. Ma joie ? Triomphale ! Gagné ! A quel prix ? Va regarder au premier.

Je dois retirer encore deux autres lattes avant de récupérer le paxif dans sa niche. Non : il ne pouvait pas tenir dans le trou sous la dalle car il mesure plus d'un mètre de long.

Je me fais languir. Au lieu de déballer ma trouvaille, je rassemble les lames du parquet, replace le tapis, puis la table.

Ni vu, ni connu.

Et maintenant, régale-toi, Antoine !

La lame de mon ya ressemble davantage à une scie qu'à une lame normale. Elle suffit néanmoins pour trancher les liens de chanvre usés à cause du temps.

Je me mets à déplier le gros faf huileux.

Que peut-ce être ? Jamais cadeau d'anniversaire ne m'a causé autant de joie. Le papier s'est presque stratifié dans sa planque. Raide comme des draps de collégien ! Les années malmènent tout : choses et hommes. Laisse s'écouler quelques décades sur la gueule de ton ennemi, et te voilà vengé !

Ça craque comme si la pâte à faf était redevenue arbre. Je parviens à déplier le colbard. Pas une mince affaire, car Streiger n'a pas chialé la came. Y en a dix mètres, cré bon de ça !

Qu'à la fin, je mets à jour un appareil qu'il te me faut décrire vu que j'ignore l'à quoi qu'il sert. Disons qu'il ressemble vaguement à un pot d'échappement de voiture. Ça fait comme un tuyau d'un diamètre de cinq centimètres environ. Il est recourbé pour composer comme une crosse épiscopale ayant aussi la forme d'une crosse de mitraillette. A cinquante centimètres de ladite, se trouve un tambour cylindrique long d'une trentaine de centimètres pour un diamètre d'une vingtaine de centimètres. Ensuite, le tuyau se poursuit sur encore vingt centimètres et se termine en s'évasant comme un entonnoir. L'ensemble est vachetement lourdingue.

C'est un machin artisanal. La manière dont c'est fabriqué indique qu'il s'agit d'un prototype construit à la main.

Une arme ?

Sa silhouette l'indique et la petite manette en forme de détente placée sous le tambour le confirme. Seulement ça tire quoi ? Pas des balles, car ce serait alors des obus. De la grenaille ? L'issue évasée comme le canon d'un tromblon le donnerait à croire. Cela dit, je ne vois pas pourquoi le B.B. et d'autres organisations se remueraient l'oignon pour s'approprier une arme aussi folklorique.

Perplexe, j'examine l'engin. Je pige qu'il a motivé la visite des deux sbires : les plans de l'invention se trouvaient d'un côté, son prototype de l'autre. Les deux doivent être nécessaires pour fabriquer l'arme de façon industrielle. De même, je comprends aussi pourquoi le commando s'est muni d'explosifs. Ils pensaient que Streiger avait peut-être muré la chose, ce qui était presque vrai.

Tout est calme maintenant dans la maisonnette rose truffée de cadavres. Va me falloir prendre une décision. La solution la plus simple, et la plus lâche, consisterait à tailler la route avec ma trouvaille. D'ici une heure on peut se retrouver en

Suisse, loin de toutes tracasseries. Mais un profond sentiment de pitié me retient. J'imagine cette gamine affrontant seule la situation, sans personne pour cautionner ses dires, pour l'assister.

Mon cœur généreux déborde de pitié. S'y mêle une obscure tendresse. Je l'aime bien, moi, cette petite baiseuse, innocente et sensuelle. Elle a pris son pied, vaillamment, malgré l'épouvantable nuit qu'elle vient de vivre.

D'un autre côté, ai-je le droit de plonger dans la béchamelle qui s'ensuivra ? Vais-je compromettre mon entreprise et — qui sait ? — ma carrière pour les beaux yeux cernés de cette blonde *Gretchen ?*

Au plus fort de ma perplexité, j'ai tout à coup l'impression d'être observé. D'instinct, je me tourne vers la fenêtre dont les volets sont restés ouverts depuis l'effraction des deux loustics.

J'aperçois, dans la pénombre, une espèce de tête de tortue assez éprouvante. C'est sans poils, c'est osseux, ça n'a pas de lèvres mais, en revanche, ça possède d'énormes paupières fripées qu'on dirait en peau de lézard. Le frère d'E.T. venu sur notre planète pour le chercher ?

Dur dur à définir. L'extra-terrestre me darde avec acuité. Constatant que je viens de le voir, il disparaît.

N'écoutant que mon machin, je bondis ! Pas le temps de passer par les voies normales : je franchis la fenêtre et me retrouve dans l'impasse.

Un mec grand et de noir fringué fonce vers la rue.

— Halte ! je lui crie.

Speak to my backside, my head is ill !

J'essaie de forcer l'allure, mais j'empêtre dans tu

sais quoi ? Le tromblon d'échappement que j'ai toujours en main.

Tu penses que je ne vais pas l'abandonner volontiers.

Ce qui, alors, me traverse l'instinct, je veux pas l'expliquer. C'est l'impulsion incoercible, comme on dit en psychiatrie. Voilà que je braque l'escopette en direction du fuyard et que j'actionne la manette du tambour.

Je m'attends à une détonation. Zob ! Simplement, l'engin est secoué par une forte vibration l'espace de trois à quatre secondes (montre en main).

Au bout de l'impasse, l'homme-lézard s'est arrêté pile. Le voilà qui se prend la tête dans ses mains comme s'il voulait l'arracher de son buste. Il hurle à tous les échos en dansant de Saint-Guy. La farandole des ours ! Il s'agite dans tous les sens en continuant de bieurler comme un goret qu'on saigne.

Je le rejoins, l'examine. Pas une goutte de sang. Pas la moindre blessure. Il garde ses deux mains à plat sur ses oreilles à peine en relief. Et il crie, et il a une sotte gambade, impressionnante. Et il se penche en avant, tombe à genoux...

Ma présence le laisse indifférent. Il paraît coupé du monde, ce mec. Enfermé dans une douleur sauvage, étrange, et que je devine inguérissable.

Je perçois un bruit. Volte-face d'Antoine. Le temps de voir un avant-bras armé sorti d'une portière de bagnole, la balle me décoiffe. Je me jette au sol. D'autres dragées pleuvent, ricochent sur les pavés.

Près de moi, la tronche de caméléon continue

son cirque. Mais ça commence à s'éveiller dans le Landerneau. Des fenêtres s'ouvrent, des lumières naissent.

Le tireur de la bagnole me croyant *out,* se risque hors de sa tire afin de récupérer son pote. Il le hèle !

— Avance ! lui crie-t-il en anglais ! *Quick !*

Quick mon cul, Lulu ! L'autre ne se rend plus compte de rien et poursuit sa gigue infernale. Son pote radine en courant tandis que l'auto recule pour venir au niveau du lézard. Donc, ils sont trois. Du moins deux opérationnels.

— Qu'est-ce que tu as, tu es blessé ? demande l'arrivant.

L'autre l'ignore. Son pote tente de le saisir par la taille pour l'obliger à grimper dans la bagnole. Mais le nergumène n'arrête pas d'énergumer. Ses trémulations sont si fortes qu'autant essayer de vouloir faire monter dans la voiture un couple de tigres en train de baiser.

J'en profite pour me dresser d'une détente et braquer le copain altruiste.

— Si tu bouges, je t'en sers autant ! Tu vois l'effet que ça fait ?

Il n'insiste pas, abandonne son complice et lève les bras.

— Laisse quimper ton feu, l'artiste !

Son arme choit sur le paveton.

Bon, eh bien maintenant je n'ai plus le choix car les portes s'ouvrent et des gens surgissent. Faut les mettre et fissa !

— Dis à ton pote qui est au volant de jeter son artillerie par la portière et de ne pas jouer au con, sinon vous recevez la potion magique tous les deux !

Le gusman obtempère. Un second feu jonche le sol jusque-là innocent de l'impasse.

— Voilà, tu m'ouvres la portière. Je vais prendre place à l'arrière, et quand je serai installé, toi tu rejoindras ton pote devant. Au moindre faux mouvement de l'un de vous, c'est l'irréparable, compris ? Dites-vous que j'en aurai toujours un dans ma ligne d'arrosage et que, plus rapide que moi tu meurs ! Une connerie et vous morflez l'un et l'autre.

L'exemple du copain qui se tord est suffisamment éloquent pour le convaincre.

Nous voici à bord. Le chauffeur est un Noir avec une nuque grosse comme le tour de taille du regretté Alfred Hitchcock.

— Allez, en route, intimé-je.

— Où on va ? demande le conducteur.

— Chez vous puisque je détiens ce que vous recherchiez, logique, non ?

CHAPITRE XI

Ils ont un certain avantage sur moi : ils savent ce qu'est l'arme inventée par Karl Bruckner.

Moi, j'ai un avantage certain sur eux : j'en dispose.

Un mec avisé déclarerait que nous sommes complémentaires. Cette notion de complémentarité devrait favoriser nos entretiens.

Les deux types filent doux, soucieux de ne pas recevoir une décharge.

Mais quelle décharge ?

De quoi souffrait donc le caméléon pour se tordre et hurler de la sorte, indifférent à tout ce qui n'est pas son mal ?

Perplexe, je caresse le tambour chromé du « fusil » (puisqu'il faut bien le qualifier). Si cette invention est standardisée, probable qu'avec les techniques nouvelles nées pendant le demi-siècle séparant la réalisation de Bruckner de cet instant où elle est remise à jour, probable qu'on trouvera le moyen de la rendre plus maniable en l'allégeant et en la faisant davantage compacte.

Un grésillement se fait entendre. Un appel

radio. Le type qui m'a tiré dessus me coule un regard interrogateur.

— Réponds ! fais-je. Dis que tout va bien et que vous avez découvert l'engin.

Docile, il décroche le tubuffeur préconcentré et s'annonce :

— Voilà, Krutz, dit-il.

Une voix féminine, profonde comme celle de Marlène Dietrich, questionne :

— Vous avez des nouvelles ?

— Oui, tout est o.k. ; les amis ont déniché le prototype et nous le ramenons !

— Parfait.

On coupe.

Laconique, hein ? Mais l'essentiel est dit, alors à quoi bon conférencer ?

La chignole, une Audi break grise et noire, arrive à la hauteur de mon auberge...

— Arrêtez ! enjoins-je.

Le gros Noir pile devant les bacs de géraniums décorant la terrasse. Une colle : comment prévenir mes potes sans quitter les deux malfrats ?

Je mate la façade pimpante, bavaroise en plein, et la bonne idée me vient. J'ai toujours sur moi le pistolet de Virginia Salski équipé d'un silencieux. Je repère la chambre de Carson et je défouraille dans sa fenêtre. Bris de verre, mais pas vacarmeux le moindre. J'attends. Elle va bien finir par s'informer, la môme, non ? Pour me mettre en évidence, j'entrebâille ma portière afin d'allumer le plafonnier et me mettre en évidence. Des minutes s'écoulent et une silhouette apparaît à l'angle du balcon. Prudente, Carson a quitté sa chambre et contourné l'auberge avant de risquer un œil.

— Carson ! hélé-je, c'est moi, réveillez mes potes et pointez-vous tous les trois, j'ai du neuf.

Elle se retire.

Les deux vilains soupirent sur leurs sièges. Ils commencent à trouver l'expédition saumâtre. Etant hommes d'action, l'inertie à laquelle je les contrains leur cigogne le mental. Graine de terroristes, ces messieurs. Ils sont entraînés à agir, pas à poireauter comme deux cons dans une tire sous la menace d'une arme.

Je décèle un léger frémissement dans l'épaule gauche du chauffeur. Et suis près à te parier un régime totalitaire contre un régime de bananes qu'il a un feu ou autre chose placardé quelque part sous son siège ou dans le vide-poches de sa portière. Mine de *nothing*, j'avance le tire-prunes de Virginia au niveau de sa nuque. Une flopée de secondes passent, suffisantes pour tricoter une minute. Et puis la chose se produit. Le gros lève son bras gauche armé par-dessus son épaule, sans se retourner, avec une promptitude stupéfiante et caramélise à tout va. Quatre bastos se plantent dans le dossier de mon siège, vu que, me gaffant du coup, et rivalisant de vitesse avec cézigue, je me suis déplacé sur ma droite.

Une cinquième détonation, très faible, ridicule comparée au badaboum tonitruant des premières, retentit. Mister Driver déguste un petit cône d'acier dans la boîte à idées et s'écroule en avant.

— Ce ne sont pas des manières, fais-je à son pote, lequel est un chouïa livide. Si vous ne respectez pas nos conventions on va droit à un nouveau Stalingrad.

Là-dessus, une sixième détonation, plus importante que ses devancières, déchire le silence de l'aube. Mais cette fois, il s'agit d'un pet bérurréen. Vingt autres lui succèdent. La façon du Gros de saluer la naissance du jour.

Le trio s'approche à pas vifs. Sa Majesté est en train d'ajuster son bénoche. Elle est en corps de chemise et maugrée que merde, c'est pas une heure catholique pour s'arracher des toiles. Pinuche est en calbute, mais il a passé son veston et mis son cher vénérable bitos. Seule Carson est habillée comme pour se rendre à un thé dansant. Elle a même pris le temps de se maquiller.

Les trois membres de mon corps franc s'arrêtent devant l'Audi. Bérurier en balance un de plus et une odeur d'abattoirs en grève passe comme un zéphyr avarié par ma vitre baissée.

— Où qu't'as trouvé c't'équipe ? demanda l'Excellence.

— Sur le porche de l'église, alors je l'ai recueillie. Ça t'ennuierait d'évacuer mon chauffeur qui a eu un malaise ? Flanque-le dans un coin où il n'attirera pas trop l'attention.

— Dans le coffre de vot' tire, ça te plairait ?

— S'il peut y tenir...

— On l'tassera. Tu m'donnes un coup de main, César ?

Mes deux potes s'activent et en un instant, le chauffeur est devenu bagage.

— Prends le volant ! ordonné-je au survivant. Et surtout pense que la moindre bêtise te ferait rater cette journée ainsi que les quarante années qui suivront.

« Vous autres, fais-je à Carson, vous allez me

filer à distance et vous tenir prêts à intervenir en cas de problèmes graves. »

— Où allons-nous ?

— Je l'ignore, mais nous y allons !

Munich !

Tu vois la grande Maison de la bière, pas loin du bureau de tabac ?

Eh bien, c'est à deux cents mètres de là, dans une rue qui jouxte l'usine à pisse. Un bel immeuble neuf : verre et béton. Douze étages, vue sur la mer. Comment ? Y a pas la mer à Munich ? Ah ! bon. Je croyais... T'es certain ? Pas de Caspienne, de mer d'Azov, de Baltique ? Non, j'insiste pas. Y a pas la mer, y a pas la mer. On ne va pas péter une pendule pour ça. Disons qu'il y a les Alpes, au moins ? En tout cas, elles ne sont pas loin. Donc, l'immeuble dont à propos duquel je te cause a vue sur les Alpes. Chouette, non ? Surtout dans le soleil levant, là que va notre pays...

Mon assassin par défaut ralentit et demande :

— Qu'est-ce que je dois faire ? C'est ici.

— Où remisez-vous la bagnole habituellement ?

— Au parking du sous-sol.

— Alors vas-y.

— La carte magnétique commandant l'entrée est dans la boîte à gants.

— Prends-la, mais s'il s'y trouve un flingue, abstiens-toi d'y toucher, sinon tes chers parents seraient d'enterrement après-demain.

Il se penche. Moi, sur le qui-vive à bloc !

Je l'observe. Il cramponne le petit rectangle clé. On pique dans la rampe d'accès. Barrière jaune et noire, très chleuh. Elle se soulève docilement. Mon chauffeur roule jusqu'au troisième niveau et va se ranger dans un box portant le numéro 341. Je te donne cette précision pour si des fois, passant par Munich pour t'acheter une choucroute, t'aurais besoin de placarder ta pompe.

Gaz coupés. Silence. La chignole émet ces légers craquements de la ferraille chauffée lorsqu'elle se met à refroidir.

— On va à quel étage ?

— Septième.

— Chez qui ?

— Arabian Company.

— Ce sont des bureaux ?

— Oui. Mais quelqu'un y habite.

— Les babioles que vous avez récupérées dans l'église de Bärbach s'y trouvent ?

— Je suppose ; mais ce n'est pas mon affaire.

— Qu'est-ce que c'est que ce truc brillant, sous le tableau de bord ?

— Quoi donc ?

Il se penche pour regarder. Je lui bassine la nuque avec la crosse du pétard de Virginia Salski. Il poursuit sa plongée et s'affale sur la banquette passager.

Moi, tournemain, je le muselle et le ligote avec les deux ceintures de sécurité.

Qu'ensuite de, je remonte à l'air libre, lesté de mon barda joli.

Je renouche la guinde à Béru. M. le ministre est au volant ; congestionné, l'air rogue. Il se tient en double file. Carson est descendue et examine le grand immeuble neuf. Pinuche dort à l'arrière de la tire.

— Je pars en visite, leur annoncé-je. Septième étage : Arabian Company. Si dans un an et un jour je n'ai pas reparu, mon cadavre sera à vous !

Et sans plus en casser, j'engouffre dans la vaste entrée marmoréenne et verreuse, avec une bioutifoule sculpture de bronze sur un socle qui représente je ne sais quoi, mais sur trois mètres de haut.

Il y a trois locataires par étage. L'Arabian Company se situe pile en face de l'ascenseur. Une fois devant la forte lourde bardée de serrures, j'hésite. Vais-je essayer de la bricoler afin d'entrer par surprise ? Je dénombre quatre verroux, *made in Germany,* avec d'étroits orifices qui en disent long sur leur inexpugnabilité. Pas le temps de m'attaquer à ce puzzle. Alors, je sonne. On verra bien.

Que je te précise : il y a un judas à la lourde. Optique vachement performante, je le subodore. On atteint ici le top niveau de la technique. Les frizous, tu les connais ? Ne fabriquent que ce l'haut de gamme. Eux autres, la gnognotte, connais pas ! Du surchoix, toujours : bagnoles, appareils photo, fours crématoires, rien que du super-extra. La classe !

Je conserve ma main plaquée sur le voyant.

De ce fait, rien ne se passe.

Je ne bronche plus. Ne sonne plus. Attends. A l'intérieur, ils doivent se demander si c'est lard ou goret. Ils pigent pas que le judas soit aveuglé et qu'on ne sonne plus. Guerre d'usure. Saint-glinglin ! Mais patience. Ces gens ne peuvent demeurer très longtemps en état d'incompréhension. Ils veulent sortir de la nuit. Question de patience pour moi. Je te répéterai jamais suffisamment que mon métier c'est avant tout l'art d'attendre. Toute situation a besoin de mûrir. Ensuite elle tombe de sa branche comme une poire blette.

Cinq minutes passent. Je passe avec elles. Une crampe me biche, mais je ne peux pas changer de paluche. La demoiselle qui t'astique la membrane est contrainte, elle aussi, de dominer ses fourmis musculaires.

Je songe à des trucs... A des amis... Je pense à la petite Heidi qu'on a dû réveiller et qui voit débouler les poulardins à kibours plats, et aussi la presse, les magistrats, la morgue, l'Identité judicieuse, tout le bidule ! Pauvrette. Qu'aura même pas eu le temps de se fourbir le trésor. Sommeilleuse avec les cinq morts de la maison. Elle va raconter quoi ?

Un léger claquement. Ça y est : on délourde. Ceux de l'intérieur peuvent plus y tenir. Ils veulent savoir pourquoi le gicleur du judas est bouché. Ils ont tout supposé. En ce moment, ils en sont à la probabilité suivante : *Celui qui a sonné, avait collé un corps étranger contre l'œilleton. Comme personne ne répondait, il est reparti en le laissant en place. IL FAUT S'EN ASSURER !*

Un deuxième cric-crac, un troisième, un quatrième enfin. Je bande mes muscles. La porte frémit légèrement. A toi, l'artiste. Je fous un tel coup d'épaule dans le panneau qu'il ferait reculer le mont Ventoux de dix mètres. Je perçois un fort bruit, plutôt sourd.

Me voici dans un hall de réception. Des guichets déserts, des boxes vitrés...

Au sol, je découvre une personne blonde, platinée comme on n'ose plus, sauf encore quelques putes de vitrine à Hambourg. En robe de chambre bleue à col blanc. Pure soie. Vaguement empâtée. La quarantaine dépassée à fond de train. Non maquillée, un gros nichon à l'air libre, veiné de bleu, des cuisses de lanceuse de poids soviétique. Elle a dû morfler *die Tür* en pleine bouille car son nez saignote et elle est groggy.

Elle tenait un feu en pogne, un calibre de shérif, à barillet, canon chromé, crosse de bois verni, mais l'a lâché sous le choc. Je l'empoche. Quand j'aurai récolté tous les flingues de ces dames, je prendrai rendez-vous avec Gastine-Renette pour qu'ils me fassent une propose de rachat en bloc.

— Maâme aurait-il-t-elle glissé su' une peau d'banane ? demande le ministre.

Mes valeureux compagnons sont là, sur le palier, touchante fresque. Le Gros sans veste, le Vieux sans bénard, la demoiselle belle à rêver partout !

C'est elle qui entre la première, de sa démarche aérienne. C'est la grâce, la beauté, la sensualité à l'état pur. Mais cependant, je m'enhardis à te le seriner, bien que tu n'en aies strictement rien à branler, depuis que je me la suis « payée », comme disent les marchands de robinets avec valves de sécurité, cette somptuosité de la nature a cessé de me fasciner.

— Qu'est-ce que c'est que ce curieux objet ? me demande-t-elle en me montrant le fusil batouilleur (1).

Je lui résume, brièvement, en sautant mes

1. *Du verbe « batouiller », qui ne veut strictement rien dire et que j'utilise ici pour la première et dernière fois de ma brillante carrière, alors profite-z-en.*

San-A.

exploits culiers avec la douce Heidi, par correction, car je déteste parler des fesses d'une dame à une autre dont j'honore les siennes. Classe, quoi ! On ne se refait pas. J'ai l'élégance naturelle. Tout gamin, déjà, quand je laissais toucher ma bistougnette à une petite fille, je ne lui demandais pas d'argent.

Elle approuve d'un battement de cils.

— Donc, conclut-elle, l'invention était en deux parties et nous l'ignorions. Vous avez laissé filer la première mais, par contre, récupéré la seconde.

— Exact. Je crois qu'on pourrait espérer reconstituer la première grâce à la deuxième.

— Rien n'est moins sûr. Cette espèce d'arme contient des projectiles étranges, d'après ce que vous avez pu constater et sans la formule, on ne doit pas pouvoir les fabriquer. D'ailleurs qui vous dit qu'il y en avait plusieurs dans cet engin ? Vous avez peut-être brûlé l'unique spécimen.

— Projectile n'est pas le mot qui convient. Aucune douille n'est sortie et la détente n'a provoqué qu'une légère vibration. Je pencherais plutôt pour un rayon, voire des ondes...

— Peu importe, il nous faut les plans.

La grosse dadame au peignoir de *silk* bleue se met à nous bigler avec conscience à l'appui.

— Pardonnez ma violence, chère madame, lui dis-je, c'est le courant d'air qui en est la cause.

Nous sommes à pied d'œuvre, les quatre, à présent. Bérurier qui éprouve le besoin de se manifester, ministère oblige, commence par en balancer un à modulation de fréquence. Des dames étant présentes, il se croit obligé de fournir une explication convaincante.

— C'est la choucroute, assure-t-il. Vous noterez l'à quel point elle est fermentatrice, d'où ballonnage et d'où loufes à répète. Faut qu'vous allez vous attendre à d'autres, quand t'est-ce ça m'biche, mézigue, c'est la grande série !

Ayant réglé cette question subsidiaire, il s'informe :

— Qu'est-ce cette dame doit nous raconter d'beau, Tonio ?

— Plusieurs choses. Primo, où se trouvent les plans qu'ils ont pris à l'église, et deuxio pour le compte de qui elle bosse, elle et ses motards de la mort. Mais la deuxième question est pratiquement facultative.

— Gi go ! (Il prononce gigot.)

Et, à la personne à terre, en lui tendant sa main faite pour modeler les tampons de chemin de fer :

— Permettassiez que j'sous relevisse, petite maâme.

Elle accepte la dextre mammouthienne. Lui, au lieu de la haler, la broie. Elle pousse un cri.

— Vous causez-t-il français, mon trognon d'amour ? lui demande Béru en poussant un beau sourire jaune et noir qui ressemble à un village nègre incendié par des colonisateurs.

— Ouiiii ! crie la personne.

Alors, le Bienveillant se décide à relever la gisante car le mammouth tarde (de Dijon) (1).

— Venez, ma biche, on va discutailler l'bout

1. *A peu près inqualifiable, de type suicidaire. Quand on a le talent de San-Antonio, il faut un grand esprit de mortification pour se livrer à de telles pauvretés. L'auteur qui ne postule à aucune académie guignerait-il en réalité la sainteté ?*

Teilhard de Chardin.

d'gras, moi z'et vous dans un coinceteau peinardoche. Si vous êtes en rob' d'de chambre, comme une patate, c'est qu'z'avez un'chambre, j'superpose. On y va. Attendez-moi là, vous aut', biscotte dans les confessions, faut n'êt' qu'deux : le confiseur et le confisé.

Il prend le bras de ma victime et l'entraîne dans les arcanes souricières de l'Arabian Company.

Carson me coule une œillée méprisante.

— Votre Falstaff prend la direction des opérations, maintenant ?

— C'est un homme de métier, ma chère, riposté-je sèchement parce que le gars Bibi, fils unique et préféré de Félicie, faut pas trop lui mettre les claouis en meurette, sinon il a tendance à envoyer rebondir.

En l'absence du couple, on se paie une perquise des lieux. Ce qui nous permet de constater que l'Arabian Company s'occupe de pétrole, comme son nom l'indique. Siège principal à Tripoli (pour être honnête).

Il est clarinette (je veux dire clair et net) que cette maison d'exportation d'or noir sert de P.C. à des terroristes patronnés par le colonel Kadhafi et implantés en Europe occidentale. Sous le couvert d'affaires régulières, elle constitue un centre névralgique capital. Une quantité impressionnante de documents et, dans une chambre forte, un dépôt d'armes qui suffirait à armer une république africaine, nous en apporte la preuve.

— Que faisons-nous de tout ça ? demandé-je à Carson.

— Un simple rapport, répond la merveilleuse ; mon père jugera ce qu'il y a lieu d'en faire. Notre mission n'est pas là. Quand en cherchant de l'or on découvre du cuivre, on signale le gisement à ceux que le cuivre intéresse et on continue de chercher l'or !

Cinglante avec ça, la miss. Une gerce que j'ai fait reluire comme un parquet flamand, me traiter comme un paillasson moisi, hé, ho ! dis donc, je supporte de mal en mal, de pis en pis même, comme dit la Vache qui rit.

Pinaud allume une nouvelle cigarette, chose qui ne s'était pas produite depuis mai 1981. Il explique la chose en alléguant que, dans la précipitation du réveil, il a oublié non seulement son pantalon, mais, chose plus grave, son illustre mégot sur la table de nuit où il reposait au côté de son dentier (oublié lui aussi, d'où le mutisme du cher débris).

La tige grésille. C'est du Boyard brun à papier maïs, costaud tout plein. Fait pour durer.

Première goulée et dernière de la journée car la sèche va s'éteindre comme un feu de cheminée qu'on néglige.

Il est chiffrogneux, le Vieux. On dirait une botte de radis fanés. Cherche pas « chiffrogneux » sur le dico, il ne s'y trouve pas. Moi, faut que tu l'admettes ou que t'ailles voir chez Guy Descartes si j'y suis, je pratique la glossolalie. Ce mot, par contre, figure dans le Larousse. Comme t'aurais la flemme de chercher, d'une part, et que d'une autre part t'as pas de dictionnaire à la maison, je t'en donne la définition en bas de page, sans supplément, toutes taxes comprises (1).

1. *Glossolalie : Langage personnel de certains malades mentaux, constitué par des néologismes et une syntaxe déformée.*

Le vieux babouin est le plus fureteur de nous trois une fois qu'il a son mégot en bouche, planté comme un thermomètre dans un trou de balle d'âne. Il disparaît, furtif. Spectre gentil qui s'excuse de hanter. Qui hante sur la pointe des pieds, sans suaire ni trompette. Brave fantôme qui n'eut pas de destin et qui barbapapesque dans le flou de l'au-delà. A peine une présence, plutôt un relent de hardes... Cher César de toujours, d'à jamais. Que j'aime sans y penser, par osmose.

Installée à un bureau directorial, Carson potasse (d'Alsace, bien sûr) des paperasses. Mais à quoi bon survoler ce monceau de documents ? Il faudrait mettre une équipe de la C.I.A. dessus pour essayer d'y entraver quelque chose. Y a que dans les polars suburbains que le détective ouvre un dossier et, parvenu à la seconde ligne, s'écrie : « Hé ! hé ! Venez donc voir, Brown, ce que je viens de dénicher ». Dans la réalité, c'est de l'embrouille intégrale.

Vaille que vaille, elle étudie pourtant les fafs qui lui tombent entre les pattounes. Tout ce qu'elle parvient, c'est à se faire une conviction : on est dans un repaire. Mais de là à démêler le bon grain du mauvais, hein ? Tu m'as compris tu m'as ?

— Voulez-vous venir un instant ! hèle la Pine du fond des locaux.

Nous répondons à son appel. Sa voix chevrotante provient des gogues. On s'y rend. Côté « Damen », une paroi est complètement vitrée. Le sire de Baudricourt, magicien à ses heures, ou pour le moins sur-astucieux a découvert que ladite formait lourde et a déniché le mécanisme qui la fait pivoter. La porte de glace donne sur un local étroit comme la cabine d'un Boeing, garni d'écrans, de cadrans, de flubards, d'aumatomes, de zinglets, sans parler des pétaouches à voyants lumineux.

Un siège monté sur un rail étroit qui lui permet de se déplacer latéralement obstrue son anus déshydraté. Pinaud s'affaire (à repasser) sur ces mystérieux boutons, leviers, pranduques, zitrons, abracabrants. Toutouche à toutou, le Fossile. Brandouilleur patenté. Clic, clac... Toc tonc ! L'organiste de la cathédrale. Et c'est une pure magie qui lui naît des salsifis, l'apôtre ! Voilà que les écrans s'allument. Que des micros se mettent à jacter. On entend causer arabe, anglais, poulave, mordu, slovaque, hébreu, dauphinois, suisse roman... Une cacophonie !

— Un centre de communication ! m'écrié-je à voix basse (ce qui n'est pas incompatible, essaie, et tu verras, verrat !).

Sur les écrans les visages se précisent. On découvre un officier syrien habillé en saint-cyrien, un autre, Libyen, costumé en kadhafien, des mecs en civil qui ont l'air de militaires. Un Noir, un Jaune, un Rouge (tiens, le drapeau belge !).

Ça se chevauche, s'entrecroise, s'embrouillamine, se subjectife. César est devenu le César des ondes toutes catégories. Presque un démiurge qui se goinfre de son pouvoir. Il capte, fait basculer, chose, lâche, agrandit, précise...

— Mais où as-tu appris à manipuler ce genre d'appareils, vénérable moisissure ? m'écrié-je.

— Depuis quelques mois je suis des cours d'informatique, répond le trou de balle de bouc étique qui lui tient lieu de bouche. Il faut vivre avec son temps.

— Et à quoi cela va-t-il te servir? ironisé-je comme un con inconsidéré, mais sidérant, alors même que cette chère survivance met en application son savoir nouveau.

— A connaître l'informatique avant de mourir, répond-il, paraphrasant, sans le savoir, je gage, Homère ou un vieux jeton de son époque, grec en tout cas à s'en faire éclater le fondement.

Il pique sur un plus grand écran qui lui oppose quelque rétivité. S'obstine à le dompter. Le veut à merci. Lui fait des grâces, l'implique, le choie, l'écrème, le nantit, l'apostrophe, le conjugue, le déballe, l'englue, le pétafine.

Qu'à la fin : euréka! L'écran s'éclaire. Le son éclate, fracassant parce que le niveau sonore et branché sur la saturance. Que vite Pinauder shunte pour nous débloquer les cages à miel.

Une voix énorme beugle.

— ... bourbe! Salope!

L'image indiscernable au début, vacillante et ténue, se pose, se précise.

On découvre M. le ministre, sur un plumard avec la dame au peignoir bleu.

Il l'en a déballée et promène sa dextre sur la chaîne des monts Grampians dont elle offre une maquette parfaite. La femme se laisse inventorier sans déplaisir, mais avec pourtant une certaine passivité.

— T'vas voir comment t'est-ce c'sera bon, les deux, ma grande. J'ai tout d'sute vu qu't'étais pile ma pointure d'prédiction. T'as l'gabarit hors classe. J'voudrais pas t'balancer des compliments eguesagérés, mais tu m'fais songer à ma Berthe. L'bustier surtout. Tu chipotes pas su' les glandes, fillette.

T'as la triperie complète... T'vois, j't'ent'prends à la langoureuse, façon Adolphe Valentino. C'est la scène du balcon d'Alfa Roméo et Juliette, mignonne. Bouge pas qu'j't'escalade le sensoriel, ma poulette. Ensute tu sauras c'que c'est qu'un coup d'rapière à la française. T'es vachement exsailletinge, la mère ! Et t'as pas la chaglatte en colimaçon, d'après ce que je m'informe. Oh ! dis, j'te fais de l'effet, petite charognasse. T'es partante pour l'grand bonheur ! Perds-le pas, ton ticket d'appel, l'embarqu'ment va z'être immédiat. Vise : ma pattoune est déjà dans la salle d'embarquement, à te frivoler le bistougnet. Tu parles d'un cent' d'accueil ! Quat' doigts, ma gosse, faut pas avoir peur des mouches ! Et si j'insisterais pour qu' le pouce rejoinde l'bataillon, t'serais d'accord, pas vrai ? Allez, bon, on y va d'la chevauchée impériale ! Pas t'faire languir d'trop, et puis j'ai du monde qu'attend. Sans compter que l'président d'la République compte su' ma pomme, c'soir.

Péremptoire, le Magistral se met en position de papa-maman. Et il y va à la décarrade aimable, sans peser, aérien car il sait se servir de ses coudes et de ses genoux.

Carson, abasourdie, demande :

— C'est cela qu'il appelle un interrogatoire, votre rhinocéros ?

Gêné, je m'abstiens de répondre, et c'est « l'informaticien » qui s'en charge. Il vole au secours de son gros pote, Pinuche :

— Laissez-le faire, mademoiselle ; chacun a sa technique. Alexandre-Benoît sait jauger les individus. Il a tout de suite compris que cette personne ne céderait pas à la force et qu'il devait user de moyens plus subtils.

Mais le scepticisme méprisant de Carson n'est pas entamé.

— Vous vous imaginez que ses prouesses amoureuses vont décider cette femme à parler ?

— Attendons...

Mais moi, il me vient brusquement un flot d'angoisse à goût de fiel. Tu sais ce que je me dis, avec ma vaste sagesse ? Que si nous captons la scène de la chambre sur un écran de cette cabine, d'autres correspondants peuvent la visionner également. Et je t'ajoute autre chose, grâce à mon esprit de déduction nettement au-dessus du niveau de la mer : la piaule où fornique Bérurier est équipée d'un système vidéo. Il y a au moins deux caméras (je le constate d'après les plans qui changent sur l'écran), un éclairage ad hoc, des micros... Donc, cette pièce sert aux émissions produites par l'Arabian Company. Si la grosse blondasse y a conduit le Gros, c'est justement parce qu'elle a trouvé ce génial moyen de donner l'alerte. A l'insu de Prosper, elle a déclenché le système d'enregistrement, *sinon on ne recevrait pas d'images !*

Et depuis dix bonnes minutes, pas inintéressantes d'ailleurs, on contemple le cachalot dans ses œuvres (de chair). On est dingues !

Mais qu'est-ce qui te prend, Sana, mon biquet, mon loulou, ma crotte ? Tu glycérines de la coiffe, mignonnet, ou bien ?...

Pinuche est en train d'expliquer à Carson la haute technicité des méthodes béruréennes.

— Vous allez comprendre, miss. Mon ami, le ministre, est très fortement membré, à tel point que la chose (si je puis dire) est de notoriété publique et lui a valu, passez-moi l'expression, le sobriquet de « Queue d'Ane ». Lorsqu'une personne du sexe accepte de s'abandonner à lui et qu'il la conquiert bibliquement, elle éprouve un plaisir si intense qu'elle ne peut accepter qu'il cesse sa divine gymnastique avant l'aboutissement. Or, mon diabolique ami, quand il veut exercer un chantage sensoriel sur sa partenaire, l'abandonne en pleine volupté, au plus intense de son déferlement sexuel. La malheureuse ne peut supporter d'être sevrée brutalement ; elle implore ce rude mâle d'aller jusqu'au bout de son propos. Dès lors, elle est à merci ; des tractations s'engagent qui, toujours, aboutissent à la soumission totale de la chère femme. Gardez confiance, cette dame est sur la voie des aveux.

Carson va pour ironiser sur la méthode singulière de mon ministre, mais elle aperçoit sur l'écran le corps du délice, le juge si exceptionnel, si volumineux, si incroyable, si confondant que sa nature femelle l'incite au respect et qu'elle se tait pour assister à l'enfourchement de messire Bérurier, seigneur de Saint-Locdu, baron dés Madrés, chevalier de la Membrane à grosse veine bleue, abonné à la très réputée Compagnie du Gaz de France, titulaire du permis de pêche N° 64885 délivré par la Société « Le Goujon Matinal » dont le siège se trouve au *Café des Marronniers* à Fouzydon-dans-l'Oigne (Il est Vilain) (1).

1. *Distraction de l'auteur qui a voulu parler de « l'Ille-et-Vilaine ».*

L'Editeur.

Je néglige ce spectacle, malgré son indéniable intérêt artistique pour fomenter un plan d'action.

— Je reviens dare-dare, fais-je à mes compagnons.

Et je quitte l'apparte pour retourner à la bagnole où poireautent un mort et un enchaîné.

TROISIEME PARTIE

LA MAISONNETTE NOIRE

CHAPITRE XII

Pour une fois, il se ramasse un bide mémorable, le Mastar. Malgré sa chopine phénoménale et son coup de reins champêtre, il la circonvient pas sa Belle Utérus. Qu'il l'embroque à la forçat, elle veut bien, Ninette. C'est une matrone qui n'est pas à un coup de zob près, une méchante vachasse que la vie n'impressionne plus, et encore moins les hommes. Elle les mène à la baguette, cette sous-maîtresse du terrorisme. N'importe les situations, elle fait front, cul ou le coup de poing. Là, comme nous l'avons terrassée d'entrée de jeu, alors, bon, elle subit, tout en déclenchant, mine de rien, le dispositif d'alerte. Elle a confiance, le temps marne pour elle. Il peut brosser comme un cireur de parquets, le Mastar, elle lui laisse passer son tempérament en attendant des heures meilleures.

Alors, tu parles, quand, en pleine tringlée héroïque, M. Gradube disjoncte sciemment, se dresse sur les coudes et lui déclare que, bon, c'est pas tout ça, mais que si elle veut le reste, faut qu'elle en croque, sinon elle restera en rideau de fade, ça la fait plutôt poirer, la mère. Son sensoriel, y a lulure qu'il lui a dit bye-bye. Elle s'est convertie à d'autres plaisirs. La blonde, la mouillance lui vient d'ailleurs. Cheftaine dans l'âme, éprise d'aventures et de coups tordus bien noirâtres, elle t'en fait cadeau du beau paf à Alexandre-Benoît. Il peut y mettre un ruban de pâtissier et courir l'offrir à la reine Fabiola s'il le veut.

Heureusement pour sa vanité masculine, Béru ne se sait pas télévisé. Son prestige n'est en cause que vis-à-vis de sa partenaire. Alors, il s'énerve, fait sautiller l'objet sur sa main.

— Hé ! dis poupée, tu vas pas laisser perdre ce morcif de roi, j'espère ? Y a des dévergondées qui s'massacreraient pour s'offrir un bijou pareil. C'est du calibre, non ? T'en as déjà récolté des manches à gigot pareil, Trognon ? Soye franche ? La pointure au-dessus, t'éclates !

Mais la dame lui répond qu'elle en a vu d'autres, des plus habiles, des que leur heureux propriétaire manœuvrait comme Paganini son archet. Et que s'il ne sait plus en quoi en foutre, de son trognon de chou, le gros sac à merde, il a qu'à l'utiliser comme pilon pour se confectionner un ailloli (car elle connaît la cuisine provençale pour avoir fait le tapin à Marseille, jadis).

C'est sur cette réplique que je décide d'intervenir.

Quand un remède reste inefficace, faut jamais se décourager et vite tâter d'un autre. La femme au peignoir bleu, je vais la récupérer sur le terrain de leurs exploits inaboutis et lui enjoins de me filocher dans une autre pièce, en l'occurrence un bureau sans histoire et de faibles dimensions.

J'ai avec moi deux éléments matériels : le fusil

mystérieux et la mallette aux explosifs que je suis descendu prendre dans l'auto.

— Je ne vais pas vous faire perdre davantage de temps, madame. Voici l'arme que vous recherchiez. Vous, vous détenez ses plans. Ce qui revient à dire que nous avons tous les deux une moitié de l'orange. Je pourrais vous menacer d'utiliser ce drôle de tromblon contre vous, mais l'ayant expérimenté sur l'un de vos sbires, je puis vous affirmer que ses effets sont tels que je préfère user d'autres arguments. Vous reconnaissez cette mallette : elle sort d'ici. Les explosifs qu'elle renferme sont d'une efficacité exemplaire. Si vous ne me dites pas où se trouvent les plans, je fais sauter votre installation si sophistiquée. Quelle perte pour votre organisation, n'est-ce pas ! Sans parler des ennuis qui en découleraient. Je ne vous donne même pas trois secondes pour réfléchir, j'exige une réponse immédiate. Vous êtes, j'en suis convaincu, suffisamment psychologue pour comprendre que je ne plaisante pas. Cela dit, je vous écoute.

— Les plans ne sont pas ici, répond-elle. C'est l'un de nos correspondants qui les détient.

— Pour quelle raison ?

— Parce qu'il s'agit d'un savant à qui nous les avons donnés à étudier. C'est lui qui a découvert qu'ils étaient incomplets et qu'un prototype existait.

— L'adresse de cet homme ?

— *Die Haüslein*, à Salbochegaden.

— Eh bien ! allons-y !

— Moi aussi ?

— Naturellement. C'est à combien de temps d'ici ?

— Une demi-heure environ.

— Parfait. Je vais donc régler le dispositif qui se trouve dans le double fond de la mallette pour que tout saute dans une heure un quart. Trente minutes pour aller. Disons cinq minutes pour me remettre les plans ; ensuite il vous faudra trente autres minutes pour rentrer, ce qui vous en laissera dix pour désamorcer.

Mon calme me surprend moi-même. Je m'exprime lentement, à voix presque basse. Sans marquer de sentiments. Un robot. Une mécanique.

Je la prie de m'accompagner dans la cabine où Pinaud continue de batifoler avec le matériel.

— Tu tombes bien ! exulte l'aimable bonhomme. Regarde !

Je me penche sur l'écran où Béru continue de s'escrimer. Ce possédé du chibre a changé de partenaire. Cette fois, c'est avec Carson qu'il s'explique. L'impudeur de la môme me cisaille le moral. Tu la verrais jouer à la girouette, sur le braque au Formide ! Il est couché sur le dos, le Mammouth, les mains croisées derrière la nuque, tandis que cette fabuleuse enfant le monte à cru. Quelle fougue ! Quel déferlement ! Elle y va de toutes ses forces, ma sublime « conquête » ! A dada, à dada ! Quand je te disais que, depuis nos amours nocturnes, je ne la voyais plus pareille. Elle a perdu de sa magie et sais-tu pourquoi, Burnecreuse ? Parce que j'ai eu soudain la révélation qu'elle était nympho. Hystéro, la mère ! Elle essaie de camoufler ça derrière ses grands airs de biche hors d'atteinte ! En fait, elle a la rage du fignedé, la belle créature !

— Elle est partie rejoindre Béru comme une

folle, m'explique Pinuchet ; on aurait dit qu'elle se trouvait en état second. Tu parles d'une dévorante !

— Coupe, ça m'écœure, grommelé-je.

Je suis tout froid, tout dévasté de l'âme. L'impression de me retrouver seul dans la foule, comme jadis, dans une fête foraine où m'avait conduit maman. Pendant que je tourniquais sur un manège, Félicie avait rencontré des amis et fait quelques pas avec eux. Quand le manège s'était arrêté, je m'étais cru abandonné. L'horreur !

Avec une rage froide, et sous le regard attentif de la blonde, je règle le détonateur de la valoche aux explosifs.

— Vous pouvez constater, ma chère dame : une heure quinze !

Qu'ensuite je dépose délicatement les explosifs sous les consoles et les écrans, point névralgique du local.

Si ça doit péter, j'espère que tout l'immeuble n'ira pas à dame !

— Viens, Pinuche !

— Et les deux polissons ?

— On les laisse. J'ai glissé un mot sous leur porte pour leur dire de décaniller tout de suite après leurs ébats.

— Tu es jaloux ? demande l'Ineffable.

— Non, c'est autre chose... Ecœuré et peut-être même désespéré quelque part...

— Tu aimais cette fille ?

— J'ai été fou d'elle.

— Il ne faut jamais être fou d'une femme, déclare le Docte. Moi, vois-tu, j'aime beaucoup

Mme Pinaud, mais c'est plutôt de la tendresse que de l'amour et en tout cas pas de la folie.

Je l'ai embarquée avec son peignoir, la cheftaine et ses mules bordées de cygne. Pinuche avait une paire de menottes dans sa poche-revolver, alors on les lui a passées, pour être peinards, éviter ces vilaines surprises. Je conduis la voiture, Mémère à mon côté. Pinuche complète sa nuit en se délayant un peu de sommeil en poudre à l'arrière.

Je me dis que je suis vache d'être parti en abandonnant le Gros et Carson dans la poudrière. Et si du trèpe malfaisant se pointe et les neutralise ? S'ils s'attardent dans les locaux de l'Arabian Company et que tout leur explose sous le pif ? Dis, je deviens vermine dans la désilluse, mégnace. Bassement jalmince ! La revanche du cornard, je pratique ! Mauvais, mauvais ! L'homme qui perd sa sérénité pour sombrer dans les vengeries clapoteuses prend le chemin de l'indignité.

Je conduis avec hargne et rage. Je me roule dessus, mentalement.

La grosse blondasse me guide par brèves indications : la prochaine à droite... Tout droit jusqu'au pont de pierre, ensuite prenez à gauche...

J'obéis par routine. Automatisme.

La campagne est bioutifoule, vallonnée, boisée et rupine au soleil nouveau. Les constructions sont cossues, fleuries. Tu croirais jamais que la guerre est passée par là. Mais il y a déjà lurette. Le temps gomme tout ; refait les virginités.

On longe un petit lac charmant où de minuscules voiliers matinaux laissent la brise du morninge leur souffler au cul.

La route dont l'asphalte bleuté brille comme une peau de dauphin se met à serpentiner dans la montagnette. On entend égosiller les zizes dans les frondaisons pimpantes.

Ça se rétrécit un peu après un croisement. On file en direction de la forêt sombre. La vachasse me conseille de ralentir : comme quoi ça va être là, après le virage.

Et puis oui, en effet, c'est bien là : un petit chalet en bois brun foncé, presque noir, arc-bouté dans la pente et flanqué d'une pelouse vert pomme acide. Il y a des massifs de fleurs rouges, des ruches. Quelle plus forte image de paix pourrait-on souhaiter ? Les ruchers sont peints en jaune bouton-d'or, avec des toits en Eternit brun.

— Voilà ! fait simplement la radasseuse blonde aux chairs molles.

— O.K., descendons.

Je tire le flingue au silencieux.

C'est toujours un peu ridicule cet embout qui ôte sa pureté à l'arme. Ça fait plomberie, bricolage.

— Passez, je vous suis. A la moindre alarme je vous plombe !

Nous voici devant le sentier rechargé au ciment rose qui conduit à l'entrée du chalet.

— Appelez votre type, je veux qu'il vienne nous rejoindre.

Elle hèle, avec docilité :

— Professeur Lustseuche ! Vous pouvez venir, s'il vous plaît ?

On est stoppés à dix mètres de la maisonnette sombre. De la grande musique s'en échappe, renforçant la sérénité de l'endroit.

Un bonhomme paraît sur le seuil. Un gnome,

pratiquement, sorte de Nimbus cordial. Petit, chauve, avec un gros nez chaussé de grosses lunettes à monture de cuivre. Il a un large sourire sans lèvres, pareil à une pastèque entamée. Il porte un vieux pantalon de coutil noir, un pull de laine à col roulé, avec, par-dessus, une espèce de gilet brodé, noir à motifs bleus. On pourrait croire qu'il est déguisé, l'apiculteur.

— Oh ! Martha ! Quelle surprise ! il exclame.

Et il descend vitement les quatre marches pour s'approcher de nous. Tout juste s'il ne se met pas à gambader de plaisir. Il louche si tant tellement qu'il ne doit pas lui être possible de regarder droit devant soi. Le voilà qui presse la main de la grosse avec une effusion de chef d'Etat serrant une louche homologue devant des caméras, sans seulement s'apercevoir qu'elle a des menottes aux poignets.

— Quel bon vent, Martha ? Il est rare que vous arriviez à l'improviste. Entrez, j'étais justement en train de prendre mon café, j'en ai une pleine cafetière, vous allez en profiter.

— Nous n'avons pas le temps, professeur, répond Martha. Je viens récupérer les plans que je vous ai fait apporter !

— Seigneur, déjà ? Mais je n'ai pas eu le temps de les étudier à fond ! C'est une invention passionnante, savez-vous ! D'une implacable nocivité, mais géniale ! Anéantir instantanément le sensoriel d'un individu tient du prodige. Imaginez, Martha, ce que peut ressentir un humain privé brutalement de ses cinq sens. Il n'entend plus, ne voit plus, ne sent plus, ne perçoit plus tactilement, ne peut plus goûter ! C'est être précipité aux enfers ! Une monstrueuse plongée dans le néant de la vie. Vous continuez d'être, mais vous n'êtes plus rien ! Un corps vivant qui ne reçoit plus la moindre information sur ce qui l'entoure. La souffrance par l'horreur de la déstabilisation intégrale ! Plus d'équilibre, le vide interne, le pire de tous !

— Rendez-moi ces plans, Lustseuche ! fait Martha, peu sensible au lyrisme du petit homme.

— Bon, soit...

Le nain de Blanche-Neige (Mi-Prof, mi-Joyeux et vaguement Simplet) trottine jusqu'à son chalet. Nous le suivons. La porte-fenêtre donne directement sur son living. Une table de bois ciré, avec son petit déjeuner...

Nous pénétrons dans la pièce. Et juste comme je m'y engage à la suite de ma prisonnière, j'éprouve une désagréable impression au creux des reins. Je connais cette sensation pour l'avoir subie déjà plusieurs fois au cours de ma vie aventureuse. Quelqu'un m'enfonce le canon d'un flingue entre deux lombaires.

— Lâchez ça ! me dit une voix.

En allemand, mais je pige.

Fourré jusqu'à la gorge, Antoine. Bien fait, l'aminche, tu l'as cherché ! Tu le savais que la grosse avait alerté sa clique. Et toi, bonne pâte, tu faisais comme si tout baignait ! T'espérais quoi ? Que ça prendrait du temps pour se mettre en action ? Connard, va ! Elle a même réussi, Mémère, à faire passer notre converse sur la visite au professeur.

Un malheur ne venant jamais seul, deux gars sortent de la cuisine contiguë au living, dûment équipés de bricoles malfaisantes.

Moi, bon, je laisse tomber le soufflant. Le moyen de résister ?

Martha se tourne vers moi, goguenarde.

— Je n'avais pas dit mon dernier mot, n'est-ce pas ? ironise-t-elle. Allez, enlevez-moi ces horribles choses !

Elle me présente ses avant-bras entravés.

Et moi, je pense soudain que la clé des cadennes sont dans une des poches à Pinuche ; à Pinuche qui continue de roupiller à l'arrière de la charrette sans se gaffer de rien.

— Je vous demande pardon, mais je n'ai pas les clés.

Elle réalise.

— Oui, c'est le vieux qui les a, n'est-ce pas ? Eh bien...

Elle n'en casse pas davantage car Pinuche se la radine, tout mouillard, baffies en berne, nez plongeant, œil chassieux. Il tient l'arme secrète dans ses chères vieilles mains tremblantes d'écluseur de petits verres.

Ce qu'apercevant, l'un des petits potes à Martha se met à lui défourailler contre. La Vieillasse se jette sur le côté. Quand ça chie, elle trouve des réflexes, cette brave Guenille ! Les autres, du corps de ballet, s'en donnent à cœur joie. Moi, pour éviter le pralinage, je me suis lancé en arrière et voilà que j'atterris de dos sur la pelouse, la frite dans un massif de tulipes roses.

Ça vase à tout va : bizzz, bizzz, bizz ! Ploc ! Du verre s'émiette, du bois éclate, du fer sonne. La Pine a un geste catégorique. Il avance le canon du tromblon dans la strass.

— Arrêtez ! hurle la grosse Martha qui vient de mesurer le danger.

Mais je t'en fous ! Ses archers pralinent de plus rechef ! Alors César tire sur la manette. Dans un ralentit étonnant, depuis ma botte de tulipes, je vois son geste. J'ai le temps de penser : « Peut-être que le magasin est vide, peut-être qu'il ne contenait qu'une charge ? »

Mais non. Illico, tout se tait pour une ou deux secondes. Et puis des hurlements retentissent dans le chalet noir. La Martha, qui se trouve près de la porte-fenêtre, se roule déjà à terre. Dévale les marches.

Je me relève. Les trois sbires ont le même comportement, ainsi d'ailleurs que le vieux professeur. Au tas, tout le monde ! Ils sont *out* pour le restant de leurs jours, tous ! Quel gâchis !

Hébété, Pinuche considère son œuvre en tétouillant son mégot.

— C'est quoi ? fait-il. Hein, Antoine, que se passe-t-il ?

— L'abomination, réponds-je.

— J'étais en état de légitime défense, plaide l'Ancêtre.

— Tout ce qu'il y a de légitime, confirmé-je.

Le spectacle de ces cinq personnes démantelées, privées de sens, affolées par leur complet déséquilibre, est insoutenable. Se peut-il qu'on ne puisse plus rien pour eux ? Des idées euthanasiques me viennent ; je les repousse avec effroi. Il faut garder espoir. Peut-être que cette invention n'a pas des effets aussi définitifs que l'a prétendu le professeur ?

Et puis quoi, il reste Lourdes, non ?

— Alors, rien ?

— Rien !

Je suis accablé ; mort de fatigue. Terrassé par l'amertume, je m'assieds sur une marche. Nous avons eu beau fouiller la maisonnette de fond en comble, nous n'avons trouvé aucun plan. Et pourtant, avec quelle minutie avons-nous perquisitionné. César, qui est un orfèvre en la matière, est catégorique :

— Les papiers ne sont pas ici, Antoine.

Je contemple les cinq personnages qui continuent de se trémousser en vagissant sur la prairie. Hallucinant ! Ils tournoient sur eux-mêmes, se redressent à moitié pour repartir à la renverse, ou bien le nez en avant.

— Que décidons-nous ? demande la Relique.

Je hausse les épaules.

— On se barre, on ramasse Béru et on se grouille de passer en Suisse avant que le ciel bavarois nous tombe sur la frite.

— Tu renonces ?

— On a le prototype, c'est déjà quelque chose.

Comme je dis cela, un ronflement de voiture retentit dans la côte et une énorme Mercedes noire débouche. On s'est placardés derrière un massif, Pinoche et moi, sur le qui-vive.

L'auto s'arrête. Quatre personnes en déboulent : Béru, Carson, Duck et Abdulah.

Ils s'arrêtent, en ligne devant la pelouse, considérant avec ébahissement les cinq personnes en folie qui s'y roulent en glapissant.

Je me montre.

— Hello ! Mister Duck !

L'homme en smoking ne s'émeut pas outre mesure.

— Que leur est-il arrivé ? demande-t-il.

Je désigne l'escopette posée contre le perron.

— Il leur est arrivé ça, mister Duck. Croyez-moi, cette invention va faire du bruit. Si toutefois on parvient à la mettre en exploitation car nous n'avons toujours pas retrouvé les plans.

Il s'approche, très droit et sa chevelure de neige étincelle au soleil comme les sommets des Alpes, au loin.

— Je ne vous pardonnerai jamais d'avoir abandonné ma fille dans un appartement piégé !

Alors là, il rebiffe, le beau valeureux commissaire de ses belles grosses deux.

— Dites, c'est elle qui s'y est abandonnée dans l'appartement !

— Si je n'étais pas arrivé opportunément, elle allait sauter. Le tiers de l'immeuble a été soufflé un instant plus tard.

— Comment avez-vous trouvé cette planque de l'Arabian Company ?

Il caresse ses favoris d'un doigt léger.

— Dites, San-Antonio, c'est mon affaire ! Vous devriez partir de l'idée que je sais heure par heure ce que vous faites.

— Et également ce que fait votre fille ?

Je lis dans son regard impassible une lueur qui me paraît être de profonde amertume. Bien sûr qu'il est au courant de la nymphomanie de sa fifille, le B.B., *puisqu'il sait tout !*

Une diversion est apportée par les abeilles. Magine-toi, Dunœud, que la grosse Martha, à force de se tortiller sur la pelouse a renversé une ruche, et pour lors les locataires, furax d'être démiellées en plein labeur, se précipitent sur nous en un nuage blond, grondant, féroce.

Dès lors, c'est le sauve-qui-peut !

On se disperse dans toutes les directions. Ceux qui sont les plus près des bagnoles s'y engouffrent et se grouillent d'en remonter les vitres.

Seul, Pinaud conserve son calme. Je me rappelle confusément qu'il a fait de l'apiculture jadis et qu'il en sait autant que Maeterlinck sur les abeilles, leur vie, leur œuvre. Sans un geste brusque, il va redresser leurs ruches. Il leur parle... Les guide ! O génial bonhomme qui sait se faire écouter de ces laborieuses ouvrières, comme disent les manuels scolaires.

L'ordre revient.

Alors on se retrouve un peu penauds, les autres, d'avoir fui devant des mouches.

— Donnez-moi cette arme, San-Antonio, et continuez de chercher les plans ! m'enjoint Duck, sévère.

— D'accord pour l'arme, mais ne comptez plus sur moi pour rechercher quoi que ce soit, mister Duck. J'en ai terminé avec le Big Between. Voyez-vous, je suis trop français pour diriger votre énorme mécanique américaine. Je préfère rester simple flic chez nous que de devenir un prince des ténèbres chez vous.

Et je vais chercher le fusil.

Duck est très pâle. Carson ne souffle mot. Elle caresse subrepticement la cuisse de Jupiter-Bérurier et je mesure, à ce simple geste, combien elle a été comblée par Queue d'Ane !

Ce dernier se dégage et s'interpose entre Duck et moi.

— Pas question, dit-il, ce flingue a été découvert par un officier de police français, c'est à la France qu'il appartient. Donne !

Je regarde alternativement mon gros pote et le grand Duck.

— J'sus ton ministre, bordel ! se met à gueuler le Gros. Si t'as quéqu'chose dans ton froc, c't'à ma pomme qu'tu dois z'obéir.

Vaincu, je lui remets le fusil.

— Vous ne pensez pas que ça va se passer comme ça ? demande Duck.

Il adresse un signe à son formidable gorille et Abdulah marche sur le Mastar.

Béru le regarde se déplacer sans émoi.

— Eh ! dis, bébé rose, modère tes mouvements si tu voudras pas qu'aye un sixième gonzier su' c'te plouse av'c la danse des cinq guis.

Duck soupire :

— Laissez, Abdulah !

Nous prenons place dans notre chignole, Pinaud, Béru et mézigue, le fils distingué de Félicie.

En passant devant la Mercedes, le Gravos dégonfle un pneu d'un coup de couteau.

— L'temps qu'y changent la roue, on s'ra loin !

Je pars sans un regard pour Carson.

Mon expérience B.B. est finie. Tournons la page.

Je rêvasse à Heidi qui doit souffrir avec les condés bavarois. Et puis je frissonne à l'idée de ces personnes décimées pour l'invention.

Une plombe plus tard, nous atteignons Garmisch-Partenkirchen et passons sans encombre la douce frontière helvétique.

Le Gros me donne une claque dans le dossard.

— On a eu du bol, dit-il. Et si tu saurais l'à quel point j'sus content qu'tu r'prendes ta place parmi nous. J'vas te nommer sous-directeur de la Rousse pour commencer, pas fout' le Vieux au chômedu, ensute on verrera.

Il me lorgne du coin de l'œil.

— Ça te fait pas plaisir ?

— Si, si.

— T'as l'air d'un merlan qu'aurait traversé l'Sahara ?

— J'aime pas terminer sur un demi-succès, car il implique un demi-échec. Je suis comme ça.

— La vanité qui te mène ! ronchonne le Dodu.

— Erreur, Alexandre-Benoît, je ne suis pas vaniteux, seulement orgueilleux.

— C'est bonneterie bonnetier ! ricane l'Enflure en balançant une loufe de décompression.

Pinuche me tapote l'épaule.

— Tiens, me dit-il, ne pleure plus, mon garçon...

Il me tend un rouleau de paperasses dont je me saisis en conduisant.

— Qu'est-ce que c'est ?

— Tes fameux plans ! Ils étaient cachés dans la ruche que la grosse dame a culbutée.